目次

奇譚《きたん》蒐集《しゅうしゅう》録《ろく》

鉄環《かなわ》の娘《むすめ》と来訪神《オトナイサマ》

Collection of Strange Tales

The Iron-Collared Girl and the Traveling Deity

序章

つながれた手の先は、父の大きな掌《てのひら》ですっぽりと覆《おお》われていた。父のもう片方の手には提灯《ちょうちん》が揺れている。

今宵《こよい》は十二年に一度の、龍神《りゅうじん》様の祭なのだそうだ。

夜に外に出るのは、父母を起こして手水場《ちょうずば》に連れて行ってもらう時くらいしかない。

胸が躍った。

どこかで大きな音が鳴っている。いくつもの雷が落ちたかのよう。怯《おび》えていると父が、あれは花火の音だと教えてくれた。花火という言葉がわからずに首を傾《かし》げていたら、やがて大きな屋敷が見えてきた。龍屋敷だ。そこだけ松明《たいまつ》やかがり火が焚《た》かれ、昼のような明るさだ。屋根の上に白い煙のようなものが漂っていて、その中から赤や黄色の光が突然現れる。花火とはあれか。美しさに目を奪われた。

我に返れば、自分の周りにも沢山の光が揺れている。提灯だ。皆、親に連れられて外に出ているのだろう。

花火は深夜まであがり続け、龍屋敷からも神酒《みき》や甘酒、汁粉などの振る舞いが出るそうだ。食べれば加護を得られるらしい。

龍屋敷には龍神様を祀《まつ》る人たちがいる。

屋敷の奥、臥龍洞《がりょうどう》という場所で行われる。その祭に、村人は立ち入ることは出来ない。洞の奥では金賛《かなさな》という最高位の神職が、『風祝《ふうしゅく》』という神の依《よ》り代《しろ》様と共に神事を行っている。

祭の夜だけ、その洞の入り口の塀が開けられて、祭壇が設《しつら》えられる。人々はそこで手を合わせ、香を供えて、戻ってくる。そういうお祭だと母からは教わった。

祭の数日前から母も姉も龍屋敷の隣にある、オトナイ殿《でん》に手伝いに行っていた。炊《た》き出しの手が足りなかったそうだ。龍神様は大食らいらしい。果ては家の食糧まで持ち出しになってしまい、母は父に憤懣《ふんまん》をぶつけていた。

『加勢に行くだけでも精一杯で、それでなくてもこのところの水害や地震で疲弊しきっているというのに。いくら十二年に一度とはいえ』

近隣の女子衆《おなごしゅう》も母と同様、不平不満が高まっていたという。父は黙ってそれを聞いていた。

だからだろうか、祭だと言うのに、父の顔はなんとなく浮かなかった。近頃はずっとそうだ。難しいことを考えているようだった。

やがて父のところへ同じように眉間《みけん》に皺《しわ》を寄せた人たちがやってきた。

「おめえは姉《ねえ》ねのところに行ってろ。暗いから気ぃつけてな」

父はそう言って手を放した。

母は弟妹の面倒を見ていたし、姉たちは少し前を歩いていた。提灯がそこかしこで揺れている。わかった、と足早に姉の後を追った。それを見て安心したのか、父は難しい顔の人たちと夜の中に消えてしまった。

華やかな花火に気を取られ、顔を上げて歩いていたのが悪かったのだろう。ようやく追いついた人に、姉ね、と袖《そで》を引くと、振り返ったのは知らない娘だった。気づけば母の姿もない。

人はいるが、顔が見えない。提灯の明かりに、影が伸びたり縮んだりするのが妙に恐ろしかった。どこに誰がいるのかもわからない。おっ母《か》ぁ、と呼ばわってみたが、声が小さくておそらく誰にも聞こえていない。大きな声を出すのが苦手だった。

急に心細くなった。家に帰っていよう。きっと誰かが戻ってくる。だが狭い村とはいえ、夜の表情を知らない幼子が迷子になるには十分な暗さだった。暗がりの中、見知った家の形すらわからず、自分がどこを歩いているのかもわからない。

ここは――どこだろう。

家々は明かりを落としているから、自分の家かどうかさえわからない。

家の影が途切れたあたりに人影が見えた。地面に落ちた提灯の火が燃えている。数人の大人が何かを言い争うような激しい声が聞こえた。

その中に父の声があった気がした。

「おっ父《と》ぅ……？」

近づこうとした時、なぜかバタバタと人影が地面に倒れていく。唯一《ゆいいつ》立っているのは蓑笠《みのかさ》をつけたような真っ黒い影だけ。

ふいに風に乗って変な臭《にお》いが鼻に届いた。腥《なまぐさ》い金気の臭い。なんの臭いだったろう。

そうだ――父が大きな獲物を仕留めた時の臭いだ。

逃げろ、と誰かの囁《ささや》きも耳に届く。だが身体《からだ》が動かない。

真っ黒い影は影のまま近づいてきた。提灯の火はまだそこで外側を焼きながら燃えている。

声が出せなかった。

人なのかもわからないその影は何かを振り上げた。

――微《かす》かな火の光さえ弾《はじ》く、黒く鈍い輝き。

重いものがぶんと唸《うな》って、自分に振り下ろされるのを、ただ見つめるしかなかった。

一章　墓所

1

山内真《やまうちま》汐《しお》がこの地に降り立ったのは大正三年、萌《きざ》した若葉が濃淡を競う季節――五月に入ってのことである。

「府内より気温が低いのですね」

主《あるじ》である南辺《みなべ》田廣章《だこうしょう》は供された紅茶茶碗《ティーカップ》を皿に戻して、窓へ向けた目を細めた。上気した頬は驛《えき》から歩いてきたせいだ。

「とはいえ、この澄んだ風はなんとも心地良い」

そりゃあそうでしょうとも、と肥え太った男が、主の側《そば》で胸を張った。

「ここは明神様のお膝元《ひざもと》ですから。空気が違うのですよ」

長野県諏訪《すわ》市。窓から見える眩《まばゆ》い光は湖の反射だった。旅館は諏訪湖のほとりに建っている。まさしくお膝元であろう。

「兄様の時分にはそれほどでもなかったでしょうが、父様の最初のお役の頃は、まだ鉄道の敷設《ふせつ》も十全ではなく、ここまで来るのにもかなり大変だったとか」

帝都から諏訪までは中央本線が延びていた。明治三十七年に富士見、翌年に岡谷《おかや》、さらにその翌年で塩尻《しおじり》へと届いている。塩尻から名古屋方面へ向かう西線も明治四十四年の開通だ。

線路は諏訪湖の北側を湖周に沿う。甲府を過ぎ、水面を光らせた大きな湖が見えてくると、至る所から白い煙が上がっているのに気づく。進行方向に下社《しもしゃ》秋宮、その手前にあるのがこの上諏訪温泉郷だった。

主の脇《わき》に立って頷《うなず》いている腹の出た男は、旅館の亭主である。空になった西洋茶器に手ずから紅茶を注いでくれた。

「ここいらは中山道《なかせんどう》で唯一《ゆいいつ》温泉のある宿場町ですからねえ。元は甲州街道の分岐点でもありますから。活気がありますでしょう活気が。昔からね、ここは他所《よそ》とは違うんで」

鼻息の荒さに自負が透けて見える。

「中央本線になったのは四十四年とつい先年《さきごろ》ですけどね。ずいぶん便利になりましたのですよ。岡谷はご覧になりました？」

いえ、と廣章は首を振る。そうでした、と亭主が頭を叩《たた》く。

「東からいらしたならご覧にはなれませんですね、これは失敬。下諏訪からさらに西へ行くと、汽車の中からも高い煙突が見えるのですよ。岡谷の製糸工場地帯です」

ここは養蚕の盛んな土地らしい。

「あそこはどんどん近代化が進んでおります場所ですからね。ここからもたまに黒煙が見えるほどですよ。今後さらに賑《にぎ》わいますでしょう」

もう少し早ければ高遠《たかとお》の桜もご覧いただけたのでしょうけど、と亭主は残念そうだった。

真汐は窓辺へと立ってみる。大きな窓からは諏訪湖が一望できる。目をあげれば雲に霞《かす》むようにして遠くに連山が見えた。あれが赤石山脈ですよ、と亭主は言う。

「諏訪湖を壁のようにぐるりと囲んでおるように見えますが、あれは高低差のあるいくつもの山々がさらに重なっておるのですわ。あの中に守屋《もりや》山《さん》というのがあります。ここからは見えませんけどね。その山全体が上社《かみしゃ》のご神体なんです」

なるほど、と真汐は目を細める。対岸の湖畔から少し登った先に見えるのは鳥居、山を開くようにしていくつかの建物が建っている場所がある。あれが社だろうか。

「南辺田家には先代様から当館を御贔屓《ごひいき》くださっておりますが、若様においでいただくのは初めてでございますね。お噂《うわさ》はかねがね伺っておりましたよ」

廣章は苦笑したようだった。どんな噂かと、真汐も耳を欹《そばだ》てる。

「帝大で教鞭《きょうべん》を執っていらっしゃる末の弟君の輝かしい学究成果のあれこれ。どのお兄様方もそれはもう我がことのように誇らしげに仰《おっしゃ》いますよ。どんな方だろうと想像しておりましたが、まさかこれほどの偉丈夫でいらっしゃったとは」

南辺田廣章、三十一歳。欧州への遊学経験もある前途有望な帝大の臨時講師は、誰もが想像する眼鏡をかけた知的風采《ふうさい》でありながら、誰もが想像する体躯《たいく》繊弱な労咳《ろうがい》老師然とはしていない。なにしろ身の丈六尺《一八〇センチ》を超える大男なのだ。

どこへいくにも洋装を崩さず、先代伯爵《はくしゃく》の遺品である黒檀《こくたん》の洋杖《ステッキ》を手放さないが、これは杖《つえ》・帽子・眼鏡込みで「一揃い《パリュール》」である。歩くのに杖が必要だというわけではない。

「そういえば伯爵様も同じようなお杖をお持ちじゃありませんでしたか？」

「よく覚えていらっしゃいますね。あれも父の形見です」

現南辺田伯爵である廣章の長兄・學昭《がくしょう》も豪奢《ごうしゃ》な杖を持っている。廣章のものには杖頭《じょうとう》がないが、學昭のものには象牙《ぞうげ》のクラッチハンドルが付いていた。杖身はどちらも黒檀である。

「覚えておりますよ。あたしはまだ子どもの時分でしたけど、お召し物もお手回りのものもそれは洒脱《しゃだつ》でいらっしゃいましたもの」

亭主は思い出すように目を細める。

「ここにこの洋室を作りましたのも先代様のご要望を受けたからだと聞いておりますよ。皆さまがご逗留《とうりゅう》の際は、この部屋だけどこか別世界に紛れたような心地がしたものです。冬の湯治にもよく足をお運びくださいましたし、ここは南辺田家の別邸のようなもの。

行き届きませんがどうぞ我が家と思《おぼ》し召《め》してくださいませ」

旅館とは言うが、所謂《いわゆる》「旅籠《はたご》」の佇《たたず》まいではない。三階建ての和洋折衷建築、しかも特別室である。目の前の丸卓子《テーブル》も細かい彫刻のある猫足。それに合わせた肘掛《ひじか》け椅子《いす》も外国人用だろうか、背の高いものだった。下が畳敷きであることさえ除けば、まるで南辺田本邸を思わせる豪華な一室である。照明も舶来のシャンデリアだ。

ところで、とちらりと亭主はこちらを見る。察した廣章が頷いた。

「ご挨拶《あいさつ》が遅れましたね。私の書生です」

真汐は慌《あわ》てて直立不動になる。

「や、山内真汐と申します」

「なるほど書生さんでしたか……」

含みの意味は解《わか》る。扱いあぐねていたのだろう。万一主の隠し子であれば失礼に当たる。だがなりも風体も伯爵家縁故にはとても見えないはずだ。なにしろ開襟シャツを中に入れた当世風の書生姿、育ち盛りの細い手足、無徴章《むきしょう》の学生帽を頭に被《かぶ》った若い男の中に無理にでも相似点を見出《みいだ》すとしたら、廣章にわずかに敵《かな》わない上背くらいしかないのだから。

「若様が先生とは、恵まれた環境でいらっしゃいますねえ」

改めて言われるまでもない。養父が亡《な》くなったのは真汐が十二歳の時だ。天涯孤独で身寄りもない。本来ならば良くて職工の徒弟、悪ければ野垂れ死にの選択しかなかったはずだ。

廣章は晩年の父の友人だった。年は離れているが、些《さ》細《さい》な契機《きっかけ》から知り合い、身分を越えて意気投合した。ただそれだけの繋《つな》がりでしかなかったのに、廣章は真汐をあっさりと引き取ってくれた。

そればかりか、学校はもちろん、父の教え子の開いている道場にも通わせてくれた。

書生といいつつ、その待遇は養子も同然である。どれほどの幸運だったろうか。

「とんでもない。助けてもらっているのはいつも私の方ですよ。ねえ真汐」

慌てて首を振る。廣章の言葉に亭主は感激している様子だった。

「ところで、ご亭主は当家のお役について何かご存知ではありますまいか」

彼は首を傾《かし》げる。

「お越しになる故《ゆえ》がお役であることは固《もと》より承知、ですがそれ以上のことはお身内のことと、聞き逸《は》ぐったままでございますので。上社でお尋ねになった方がお早いかと」

結局、何の情報もない。廣章は苦笑したようだった。再び磁器急須《ティーポット》を取りあげる亭主を見て、真汐も小さくため息を吐《つ》く。

「時に、その上社にはどうやって行ったらよろしいでしょうねえ」

「船着き場がございますですよ」

亭主は窓に近づいた。真汐は半身を引く。

「高島丸という定期船が出ています。対岸まで一直線に渡って、そこから上社へと向かうと良いのですわ」

湖岸に沿うと時間ばかりがかかるのだそうだ。

「ご希望ならお車の手配も致しますけども」

「いえ、船で行きましょう。せっかくですから御渡《おみわた》りのある湖を行くのも風情《ふぜい》があります」

「御、渡り」

「なんと真汐さん、ご存じない？」

亭主は腕まくりせんばかりの勢いだ。廣章が苦笑した。

「彼はまだ若いので」

「諏訪湖は冬場には全面結氷するのですよ。その一面真っ白に凍った湖の上を、上社から下社へ、まるでどなたかがお渡りになったかのように一筋の氷の道が出来る。バリバリと音を立てて氷が盛り上がり、一直線に下社へと延びる——それが御渡りです」

「そんなことがあるんですか」

亭主は真汐の新鮮な反応に満足したようだった。

「そうですよ、一説には上社の男神が下社の女神のところに通うともいわれておりますのですよ。……まさかお諏訪様のことは？」

「お、御柱祭《おんばしらさい》のことは知っています」

信濃國一之宮《しなののくにいちのみや》——官幣中社・諏訪神社。

御柱祭とは寅《とら》と申《さる》の年にのみ行われる式年造営祭だ。切り出した巨木を上社の本宮《ほんみや》前宮へ四本ずつ八本、下社の春宮秋宮へ四本ずつ八本、計十六本もの柱を建てる。

「直径が三尺三寸《一メートル》、長さ五丈五尺《一七メートル》、重さは二千七百貫《一〇トン》にもなる巨木を曳《ひ》き、宮の四隅に建てる柱とするのです。勇壮ですよ。巨木が坂を下っていく木落しや川越しは、それはそれは迫力があります。里曳きでの騎馬行列なども見ごたえがございましょう。ぜひご覧になってお帰りくださいよ」

自慢の祭なのです、と亭主は胸を張る。

「恐れ多くも先ごろ皇太后陛下がお隠れになったばかりですけど、なにしろ千年の歴史のある大祭ですから。憚《はばか》りながらも行うとのことで」

明治天皇の皇后であった美子《はるこ》皇太后の薨去《こうきょ》は先月、式典の規模は縮小するらしかったが、祭は敢行されるという。

「諏訪様は、明治の初めは国幣、二十九年に官幣中社になったのだそうですね。ですがこれだけの由緒《ゆいしょ》あるお社、ほどなく大社格になるのではないでしょうか」

「そうなんですよ！　さすがは南辺田様！　まあ私らはすでに大社だと思っております

がね。秋津洲《あきつしま》広しといえど、名にし負う諏訪明神を知らぬ者はおりますまい」

「全国に摂社末社も多いですしね」

真汐にはさっぱりわからない言葉ばかりである。

諏訪湖を挟んで南に上社本宮・前宮、北側に下社春宮・秋宮と四箇所から成るお社を総称して諏訪神社という。秋宮はイチイの木、春宮は杉の木、上社においては守屋山をご神体とするらしい。

「へえ……山が神様なんですか」

「守屋のお山にはミシャグジ様といって、昔からたくさんの土地神様がおわしますのです。ご一新からはご祭神は建御名方《たけみなかた》神となっています。今は上社の本宮が建御名方神、前宮がその奥方の八坂刀売《やさかとめ》神、下社も春秋宮ともにこの二神、加えて建御名方神の兄神八重事代主《やえことしろぬし》神も祀《まつ》られています」

真汐は瞬《まばた》きをする。さっぱりわからない。

「幕末までは上社に普賢菩薩《ふげんぼさつ》、下社には千手《せんじゅ》観音、薬師如来《やくしにょらい》もおわしたのですが」

「神仏分離、でしたか」

廣章の言葉に亭主が頷く。慶応四年の神仏分離令である。神社からは仏教色が消え、明治四年の社格制度によって諏訪社は上社と下社を統合し、主祭神を固定されたのだそうだ。

「本来なら明神呼びも慎まにゃならんのでしょうけど、生まれた時から明神様でしたし。簡単には変えられんのですよね。それにこの地はちょっと特別ですもんで」

　含みを持たせるような亭主の言葉に、承知した顔をするのは廣章だけだ。

「たくさんの神様がいらっしゃったのですね」

　真汐に理解できるのはこの程度である。亭主は微笑《ほほえ》んだ。

「そうですよ。元々、諏訪の地は守屋大臣《だいじん》が治めておられたのですが」

「大臣？」

　確か神様の代理人のことですよ、と廣章が助け舟を出してくれる。亭主は頷いた。

「古事記では建御雷《たけみかづち》神と建御名方神が争い、建御名方神が負けたのでこの地から出ないと言った、と言われており、それが祭神の所以《ゆえん》でもあるのですが、それとは別に土地の守屋大臣と戦って勝ったとの言い伝えもあるのですよ」

　守屋大臣が守っていた諏訪の土地に、明神が天降《あまくだ》り、ここをわがものにすると宣言したせいで、土地を巡って守屋大臣と争うことになったらしい。

「明神は藤《ふじ》の枝を、守屋大臣は鉄鎰《かぎ》を持って戦い、明神が勝利した。明神は子を大祝《おおほうり》様として神の代理に据え、守屋大臣は神長官《じんちょうかん》として大祝様を選定し、降ろす大役を担《にな》って仕えた……まあかいつまめばこんな感じです」

　かいつまれても、中々理解が追い付かない。

「ええと……藤の枝の明神が勝利、なんですか？　なぜ？」

　亭主はきょとんとした顔をしてから、真汐と同じ方向に首を傾げた。

「言われてみれば……なぜ、なんでしょうね。実際には鉄の方が強そうですけど……不思議な神通力《じんつうりき》があるのかもしれませんな。なにせ神々の戦いですから」

「諏訪神社が戦勝祈願として坂東《ばんどう》武者の間でも信仰を集めた時代があったようですが、それも関係しているのでしょうか」

　おお、と亭主は声をあげた。

「たしかに明神は戦神としてご霊験《れいげん》があります。古《いにしえ》より名のある武将らが挙《こぞ》って戦勝祈願に訪れていたとか。風の神様なので、こう……神風が吹くという感じなんでしょうかね。あたしは神職じゃないからその辺はぼやけてますけど」

「風の神？」

　戦勝利益《りやく》を齎《もたら》す神の印象として、それは少々意外に感じた。

　亭主は頷く。

「諏訪明神は古来より、風を司《つかさど》る御方なのです」

※　※　※

「遠いところを、ようお出《い》んなして」

湖を渡って歩くこと半刻《はんとき》、湖南の善光寺を通りすぎ、上社に着いて廣章が名を告げたとたん、連れて行かれたのは上社本宮の敷地の外れにある小さな建物だった。

接待に出てきてくれたのは禰宜《ねぎ》代理であるという壮年の男性である。

「御一新前までは神長官が南辺田様方の接待をして参ったようなのですが、神長官という職もなくなってしまいましたので、正確には代理でもないのですが。ともあれ此度《こたび》は私が仰《おお》せつかりました。至りませんが、何なりとお申し付けくださいませ」

小柄なその男は名を藤森《ふじもり》と言った。髪に白いものが多いせいか、宿の亭主よりは年長に見える。

「ここ三度ほどは、南辺田様を前職と私とでご案内しておりましたが、私ももうこんな年齢ですし、次回の案内役は別の者になりましょう。神長官と違い、一子相伝というわけではありませんから、申し送りだけは致しますが」

失礼がありましたらお赦《ゆる》しのほどを、とどこか悲し気に微笑んだ。

「毎回接待をしてくださっていたということは、当家のお役についても何かご存じでいらっしゃいますでしょうか」

藤森は不思議そうな顔をする。

「と、おっしゃいますと？」

「『鉄環《かなわ》のお役』については、私たちもよく知らずに来ているのです」

主は正直に打ち明けた。ほう、と藤森は興味深そうに促す。

鉄環のお役――主と真汐がこの地に来た理由は、ありていに言えば南辺田本邸からの『御遣い』である。

信州諏訪神社に赴き、鉄環と呼ばれる鉄の環を持って帰ってくること――それだけだ。

事前に、現伯爵である南辺田學昭《がくしょう》は、一同を招集した家族会議を開いている。同席させてもらった真汐にもわかるように平易な言葉で説明をしてくれた。

『元は薩摩《さつま》が行っていた行事のひとつでな、鹿児島に南方《みなみかた》神社というのがあるだろう』

南方諏訪神社という名でも知られているそうだ。

『島津家の初代忠久《ただひさ》公が鹿児島に諏訪社を勧進したと言われている。島津家にとっては重要な神社だというな。それは薩摩の本家にとっても然《しか》りだ。ゆえに十二年に一度、総社である信州の諏訪神社に参詣《さんけい》することは大事なお役であったのだそうだ。鉄環は――その証《あかし》ということだろうか。幕末以降、そのお役目を当家が引き継いでいる』

學昭によると、南辺田家が最初に諏訪を訪れたのは安政元年、廣章の父である先代伯爵・南辺田實明《さねあき》二十四の年だったらしい。後を継いだ學昭も家長としてこれまでに計三回足を運んでいるという。

鉄環とは、幅は拇指《おやゆび》の第一関節程度の太さ、大人が両の親指と人差し指を合わせて作ったほどの大きさで、継ぎ目のない鉄の環のことらしい。

「今回は私が兄の名代ということになりました」

廣章の言は端折《はしょ》られているが、これはそもそも學昭の長子である南辺田明貴《あきたか》が、名代を頑として受け付けなかったからに他ならない。

『何日も仕事を離れて何をさせられるかと思えば、子どもの遣いでも足りるようなことを。むしろ諏訪から逓信便《ゆうびん》で鉄環を直接薩摩に送らせるほうが合理的ではありますまいか』

気風も良く情にも篤《あつ》く、欧州遊学も経験済の頭脳明晰《めいせき》な伯爵家の次期当主は、その実徹底した現実主義《リアリスト》として知られている。

南辺田家の当主またはそれに準ずるものが鉄環を直々に取りに行くという不文律に対し、真っ向から異を唱える明貴の言は正論であるようにも思えたが、それを継承してきた學昭はさすがに苦笑するしかなかったようだ。

名代を誰にするかで多少紛糾はしたが、結局は廣章と真汐に白羽の矢が立った。というより、主が興味を持ったからに他ならない。

南辺田廣章――主は、奇譚蒐集家《きたんしゅうしゅうか》としての顔を持っている。

「鉄環とはいったいどういうものなのでしょうか」

「わかりません」

藤森は明瞭《はっきり》とそう言う。

「わからない？」

「御参詣の証に鉄の環を授与するなどということは一切ありませんし、そもそもその鉄環というのは私ども諏訪社の関与するところではありません」

真汐は思わず廣章と顔を見合わせた。

「建御柱は五日後の六日昼。御柱が立った翌日――つまり今年は七日の朝のうちに鉄環が当社に届けられるでしょう。それをお渡し致しますので、お持ち帰りください。南辺田様のお役とはそれだけです」

「……藤森さん」

廣章が眼鏡を光らせた。

「その鉄環はどこから届けられるのでしょう」

藤森は廣章を見つめる。

「それもわかりません」

「それも、ですか」

彼は頷く。

「鉄環についてはいつの間にかこの建物に届けられているのです。朝になると袋に入った状態で届いています。誰が届けにくるのかも私どもは存じません。知ってはならない、という方が正しいでしょうか」

「そんなものをどうして」

思わず真汐が口を挟む。藤森は苦笑した。

「そのように言い伝わっているからですよ。古くは薩摩藩縁《ゆかり》の方へ、御一新後は東京の南辺田様へ。ここへお見えになる方に引き渡していくようにと」

怪しいにもほどがある。だがそれがまかり通るほどの年月が経《た》っているということか。

廣章はしばし黙考し、それから顔を上げた。

「わかりました。では私たちは宿に逗留していれば良いのですか」

「ええ、どこにいらしても構いませんよ。七日のうちに引き取りにきていただければ。私はこの建物の中でお待ちしておりますのでお声掛けください」

「ご神職の他の方にご挨拶などせずとも良いのでしょうか」

真汐の言葉に藤森は頷く。

「先ほども申しましたが、此度の南辺田様の接遇を任されましたのは私ですので、お気遣いはご無用に。……それでなくとも、今はもう大祝も神長官もおりませんし」

「大祝様は神様の代理で、神長官様は守屋大臣、でしたか」

宿の亭主の言葉を思い出したに過ぎなかったが、呟《つぶや》いた真汐に、よくご存じで、と藤森は頷いた。

　明治四年の神社制度制定で、大祝及び神長官の世襲が廃止になったことに伴い、大祝職は消滅、最高位の神長官守矢は降格、更に跡目が早逝したこともあり、現時点で神長官守矢は不在となっているのだという。

「大変な奇禍でいらしたのですね」

　思わず出ただろう廣章の言葉に藤森は、ただ苦笑しただけだった。

　御一新で千年も続く寺社への改正、さらに廃藩置県に伴う旧統治者の整理等で、これまで信じて疑わなかったものが根底から覆《くつがえ》った。まして精神的支柱と恃《たの》むべき人たちもいなくなったのだとしたら、それはいかばかりの混迷だったろう。考えるだけでも深い穴を覗《のぞ》くような気になる。

「私たちに大したことはできませんが、それでもここを頼りにしてくださる方々を、その信仰をいかにお守りするかが、使命だと思っておりますゆえ」

　その言葉に思わず頭が下がる。それを機に辞去することになった。

　そうそう、と藤森が先導しながら振り返る。

「ひとつだけお伝えし忘れておりました。この時期、山の周辺には決してお入りになりませんよう」

「山？」

　そうです、と外に出て、指を指すのは赤石山脈だ。

「この裏には守屋山がありますし、麓《ふもと》の辺りは湛《たたえ》の場所としても神域でした」

「湛？」

「かつて上社では『湛神事《たたえしんじ》』というのがありまして。各村に神使《おこう》という大祝の名代を遣わすのです。三月初午《はつうま》の日、神使二人が出立、それぞれ各郷村を寿《ことほ》いで、寅日に帰参するというものですが」

「神の代理人が村を寿いでいくのですね」

そうです、と藤森は微笑む。

「鉄鐸《さなぎ》、と呼ばれる鉄製の鈴があります。それを錦《にしき》の袋に入れて頸《くび》から下げ、あるいは御杖《みつえ》と呼ばれる鉾《ほこ》にぶら下げたりします。それを鳴らすことで邪気を払い、その年の村の豊穣《ほうじょう》と健やかなるを幸《さきわ》うのです。その象徴である木々を今も七木と称しております」

「興味深い神事です。今はもうなさってはいないのですね」

「かなり前の神事だと聞いていますし、既に湛の木のない村もあります。それに……今はもう大祝も神使たちもいませんから」

それを授職できる神長官がいなくなったためだ。

藤森は再び眉を下げた。

「ですので、そういう湛の跡や風穴などは今も神域だとされています。みだりに近寄ると溜《た》まった気などに当たることもある。よく言うでしょう、風に障《さわ》る、と」

説明できない運の悪さや、気触れの原因とされる、いわゆる「悪い風」は、運不運の象徴でも使われることが多い。

「気をつけましょう。ね、真汐」

殊勝に頷きながらも、廣章の目が光っていることを真汐は見抜いている。何があっても無事に宿に戻るぞと真汐は密《ひそ》かに決意した。

※

藤森に見送られて上社を出ると、頭上には太陽の光があった。すっかり午《ひる》である。

「お腹《なか》は空《す》いてませんか、真汐」

云《い》われてすぐに腹が鳴った。廣章が笑う。

「せっかく信濃にいるのですから、蕎麦《そば》切《き》りなんかどうでしょう」

信州信濃の新蕎麦よりも、との謂《い》いもありますし、と廣章は口ずさむ。

それは蕎麦より誰かの傍がいいという都《ど》々《ど》逸《いつ》だろう。真汐は思わず笑ってしまった。

「なんです？」

研究に没頭すると食事を忘れがちにもなる主だが、本来は健啖家《けんたんか》である。旅に出ている時はさらに食欲が亢進《こうしん》する。旅先での珍味佳《か》肴《こう》を楽しみにするのは何も庶民だけではないのだと、そう思ったらおかしくなった。

「なんでもないです。船便はまだ時間がありそうですし、どこか探しましょうか……蕎麦、蕎麦……たしか参道に数軒あったような」

蕎麦の昔話は有名ですよね、と廣章は目を細めた。真汐は首を傾げる。

「昔話ですか」

「瓜子《うりこ》姫《ひめ》などが有名でしょうかね。蕎麦の根元の赤い理由――茎の根は元々赤いのですが、そうなったのは誰かの血に染まったからだという伝承も」

「血!?」

真汐は振り返る。あまりの形相だったのだろう、主が笑った。

「物語ですよ、真汐。山姥《やまんば》だったり天邪鬼《あまのじゃく》だったり。もともと蕎麦は『続日本紀《しょくにほんぎ》』にも記述が見えますし、山村地帯の備荒作物として栽培されていたそうです。とはいえ、江戸の時代から愛好家は多かったですから、蕎麦に関する書籍もかなり出ているんですよ。やれ木曽《きそ》に戸隠《とがくし》、やれ出雲《いずも》に越前《えちぜん》会津高遠と、お国自慢ならぬ蕎麦自慢も多い。蕎麦通がどの時代にもいた証拠ですよねえ。あ、ここにしましょうか」

参道を抜けると蕎麦屋が姿を現した。このあたりは参拝客を取り込むためか、蕎麦屋が多い。廣章は躊躇《ちゅうちょ》なく手前の暖《の》簾《れん》をくぐった。

主は一見、無造作に選んだように見える。むしろ選ぶ手間さえかけていないように見えるのに、高確率で美味《うま》い店を引き当てることが多い。まさしく嗅覚《きゅうかく》なのかもしれない。

「いらっしゃい！」

威勢のいい声が出迎えた。

「汗をかきましたから、温かいかけは止《よ》しましょう。ざるを……ああ、ここではざるではないのですね」

「ざるというのは戸隠のほうですよ」

注文を取りに来た老人が汗を拭《ふ》き拭《ふ》き答える。

「竹のざるに盛っているからざるってね。こっちじゃもりって言います。じゃあもり二つですね」

天ぷらも付けてください、と廣章は満面だ。

「蕎麦といえば、師匠もたいそうお好きでした」

真汐は懐《なつ》かしく思い返す。そうでしたね、と廣章は目を細める。

師匠――義父と廣章は友人だった。『腹ふさぎに一丁たぐって参るぞ』と少しお道化《どけ》て、廣章を伴い袴着《はかまぎ》のまま、帽子を被って出ていく姿を覚えている。二人が宵の町に消えていくのを何度も見送ったものだ。

一緒に連れて行ってくれないものかと度々期待したが、結局一度も一緒に行けずじまいだった。

「真正《しんしょう》師匠は出雲蕎麦がお好きだったんですよ」

信濃と違って蕎麦の実が混じる黒っぽい色が特徴だ。信濃は白い色の蕎麦が多いそうで、それは甘皮を挽《ひ》かないからだという。特に明治になってから製粉業者が開発した「さらしな」という蕎麦粉は真っ白であることが画期的だったらしい。

「甘皮まで挽く出雲蕎麦は風味が強い分、食感も独特です。だからといって信濃蕎麦の風味が劣るということではないですよ。信濃蕎麦の喉越《のどご》しの良さを好む通人も多いますし。結局は好みの問題です。師匠も『蕎麦自慢はお里が知れる』とよく笑っておいででした」

米の取れない痩《や》せた土地自慢、ということか。師匠らしい物言いだ。

好みをどうこう言えるくらい蕎麦を食べてきたわけでもないし、気にしてさえこなかった。師匠の家にいた時の年越し蕎麦はほとんど記憶にないが、南辺田家では白い蕎麦だった気がする。黒というのはあまり見たことがない。

「好みというより、生まれ育った土地の蕎麦を思い出されたからでしょう」

「……師匠は出雲の生まれだったのですか」

廣章はわずかに目を瞠《みは》ったようだった。

「真汐は知らなかったのですか」

初耳である。天涯孤独だと聞いたから、てっきり東京の生まれだと思っていた。主は微笑んだ。

「生まれは出雲だそうですよ。そこで先々代の山内師匠の養子になられて、共に府内にいらっしゃったのだとか」

師匠と暮らしたのはわずか十年、しかも物心ついてからはほんとうに短い期間だった。まだ六年足らずの南辺田家の方が長くさえ感じられる。

『真汐、確《しっか》と修養せよ』

それは師匠の口癖だった。学問もだが、品性や教養を高めよと。多くを見、多くを知り、己を律すべし。修養の足りていない者の剣は浅く、見苦しいものだとよく言っていた。

『腕を鍛えるは、人を救わんがためだ』

まだ声音と口調は思い出すことが出来る。

『そのためにも浅い剣であってはならん』

偏屈で厳しく怒りっぽいが、それでも根は優しい人だった。頭を撫《な》でてくれた大きな掌、背負われた時の暖かさ、まっすぐな太刀筋。どんな言葉よりそれらは雄弁だった。

「師匠も残念がっておいででしょう。真汐といつか酒を酌《く》み交わすのが夢だと言ってらしたので」

そんなこと、一言も聞いていない。ごしごしと目元を擦《こす》った。

厳しかったけど、大切に育ててもらった。それは忽《ゆるが》せに出来ない自分の根幹になっている。

忘れていた寂寥感《せきりょうかん》をこらえていると、蕎麦が運ばれてきた。

大根に唐辛子のみの薬味。畳まれた艶のある蕎麦の束に少し怖気《おじけ》づく。廣章の仕草を真似《まね》ていると、苦笑された。

「辛味大根だそうですから、唐辛子は加減してお入れなさい」

よほど強く引いたのだろう、出汁《だし》の香が鼻をくすぐる。手繰《たぐ》る、とはこういうことかと真汐は箸《はし》を動かしながら改めて思う。

乳白色の蕎麦は風味が強い。またつるつると喉を滑っていくのも心地いい。出汁もかなり手間を掛けたもののようで濃厚だった。口をつけて飲み干したくなるのを我慢せねばならない。

涙がにじむのは、辛味大根のせいか、先ほどの思い出話のせいか。

「僕は師匠のことを何も知らないのですね」

呟いた真汐に、廣章は微笑んで分厚い湯呑《ゆのみ》を促した。

「知らぬならこれから知って行けばよいのです。私が知っていることも伝えてやれます。子は親の来歴を知らずに大きくなり、来歴を知る頃に親がいないというのも珍しくはありません」

促されて猪口《ちょこ》に蕎麦湯を落して呑んでみる。まろやかな口当たりに豊かな出汁の香りが溶けて、口の中で優しくほどけるようだった。

「しかし困りましたね——鉄環の詳細をどなたもよくご存知ないとは」

廣章は口元を拭きながら呟くようにそう言った。真汐も頷く。諏訪まで行けばさすがに誰かしら知っているだろうと当たりをつけて来たというのに。

『たかが鉄の環を受け取るためだけに、わざわざ南辺田伯爵を駆りだす、と？』

そういったのは件《くだん》の現実主義者、學昭の長子明貴だ。廣章にとっては八歳上の甥《おい》にあたる。

「明さんの言うことも尤《もっと》もなのです。わざわざ家長、それに準じる名代を立ててまで、直々に鉄環を引き取りに行く理由は何なのか。……気になりますよね」

薩摩は何を考えているのでしょう、と続けられて、真汐も思考を巡らせる。

時折聴《か》こえてくる「薩摩」の影。思えば南方の離島に行った時からそうだった。最終的に彼の地での捜索、始末を命じたのは「薩摩」だという。

「薩摩」とは一体なんなのか——。

「鉄環とは一体なんなんでしょうね」

思わず顔をあげる。廣章は表情を変えていないから、自分の思いが声に出ていたわけではなさそうだ。

「藤森さんでも詳細がわからないのであれば、打つ手はありませんよ。大人しく宿で待っていましょう」

真汐の提案に頷きつつも、主は何やら考えているようだった。

「朝、上社に届けられる、でしたね……」

確かに藤森はそう言っていた。諏訪社は由来さえ知らず、関与もない、と。

あまりいい予感がしない。黙考中の主に、不躾《ぶしつけ》を承知で声を掛ける。

「こ、この後はどう致しますか」

腹ごなしに散策でもしましょうか、と顔をあげて主が言う。そういえば先ほど視界に入った店の中には、細工物の工芸品を商っているものもあった。

南辺田本邸を出る前に、真汐は學昭をはじめとする南辺田の人間から、実は山ほど餞《せん》別《べつ》を貰《もら》っている。せめて土産でも買って帰りたいと思っていた。そもそも我が子でもないのに彼らは過保護にすぎるのだ。

胸中をこぼすと、主は大笑した。

「私の書生になったと言ったって、私に出来たのは学問だけでしたよ。そのほかの教育——躾や礼儀作法など、生きるために必要なことはみんな本邸の者たちが進んで買って出てくれましたものね。そんな相手が我が子同然でなくて何なのです」

遠慮なく甘えておいでなさい、と主は足取りも軽く進んでいく。気軽に言ってくださる、と真汐はため息をついて、その後を追った。

2

「廣章さま」

非難めいた声にも、主《あるじ》は動じた様子はない。

「なんです?」

「藤森さんに言われていたではありませんか、お山をみだりに歩かれませんようにと」

廣章の後を追いながら、いつしか山の中に踏み入っていた。気づけば背の高い木々に囲まれた細い山道を歩いている。

「早く戻りましょう、廣章さま」

そうですね、と言いながら、主に踵《きびす》を返す気配はない。

「……なんと背の高い」

文句を言いながらも、最前から真汐もどうしても顔が上を向いてしまう。

御神木ともされる杉なのだろうか、まっすぐに伸びたその木々の高さ——緑の濃さに圧倒されていた。

上空からのものだろう、降りてきた風が主の髪を揺らす。

「草萌《も》ゆる皐月《さつき》とは良くいったものですね。嫩芽《どんが》のせいでしょうか、なんとも爽《さわ》やかな良い香りです。まるで木々の持つ爽快《そうかい》さを総身に浴びているかのようではないですか」

思わず真汐も木々を見上げる。主を真似て目を細めてみた。視界からの情報を閉ざし、膚《はだ》感覚を研ぎ澄ます。確かに風の温度さえ平地とは違う気がする。標高が高く、さらに山に登っているのだからもちろん気温は低いのだが、歩いて火照《ほて》った身体《からだ》には心地よい。萌《きざ》した青い葉の爽やかさに混じって花の香もするようだった。

真汐は目を開ける。足元に小指の爪《つめ》ほどの花は咲いていたが、匂《にお》いはそこから来ているものではない。

「廣章さま、花の香りがしませんか」

明らかに何かの花の香りが漂ってくる。廣章は怪訝《けげん》そうだったが、ようやく香りに気付いたらしい。顔を輝かせた。

「どこかで嗅《か》いだことのある香りですね。なんの花でしょうか……行ってみましょう」

釣られて頷きかけて、真汐は首を振った。

「なりません、廣章さま。戻りませんと」

「ここまで漂ってくるとなると、よほど近いか、あるいはかなりの量の花が咲いているのでしょうよ。見たいとは思いませんか。なんの花だったか、謎《なぞ》のままでは座りも悪いでしょう」

廣章の好奇心を止められるものなどいない。そして主が行くと言った以上、護衛である真汐が従わない道理もない。

「見たらすぐに帰りますよ」

「……真汐もどんどん爺《じい》やそっくりになっていきますねえ」

廣章が苦笑する。望むところだ、と真汐は返しそうになって、ひとり小さく笑った。鹿児島に隠居した廣章の爺やこと、かつての南辺田家の家令には少しの間、薫陶《くんとう》を受けたことがある。主の身を守れる者になれるのなら、なんと呼ばれても構いやしない。

山の中を歩いていく。そう遠くもないと思った花の香りは薄まり、また濃くなる。風がそう簡単に在《あ》り処《か》を教えぬとばかりに漂う香をかき散らしていくからだ。

目が良いことには自負のある真汐ではあるが、嗅覚は人並みだ。まして主が突出して鼻が良いはずもなく、二人で右往左往しているうちに、本格的に方角が分からなくなってきた。

「諦《あきら》めて下山しましょう、廣章さま」

主は落ち着いているが、真汐は狼狽《うろた》えるしかない。

「このままでは遭難してしまいます」

大仰な、と鷹揚《おうよう》に構える主ではあったが、太陽の傾きに少しだけ沈黙する。

「来た方角を戻れば良いだけなのですけどね……」

廣章のことだ、真汐と違って来た方角を正確に思い出すことなど容易《たやす》いだろうが、主の逡巡を見るにつけ、おそらく花の場所の探索と日没までの時間とで葛藤《かっとう》していると思われる。どれほど記憶力が良くても陽が落ちたら見えなくなる。見えぬものに判断はつかない。遭難する可能性もないわけではない。

　だがその時真汐の視界の端に色が飛び込んで来た。重なり合う木々のずっと先。

――紫？

「廣章さま、あちらに何か見えます……紫色の何か」

　真汐は指をさす。廣章は目を眇《すが》めていたが、見えないのだろう。行ってみましょうと勢い込んだ。

「違っていたら戻りましょう。これを最後の確認にするというのはどうです？」

　それならば、と真汐も譲歩する。

　上がったり下ったりを繰り返し、見えたり見えなかったりのその場所に辿《たど》りつくのにどのくらいかかっただろうか。

「なんと……！」

　視界に飛びこんできた光景に絶句する。

　そこには巨大な滝――紫色の瀑布《ばくふ》とも見紛《みまが》うばかり、山の急斜面一面を覆《おお》いつくす、無数の藤花があった。

花房が風に揺れ、その先端がまるで無数の飛沫《ひまつ》のように風に翻《ひるがえ》る様はまさしく「滝」と言い表すしかない。

木に、あるいは斜面を這《は》うように蔓《つる》が重なり繁茂しているのだが、それが見事な絶景を作り出している。

上から落ちてくるかのように何万、何千と枝垂《しだ》れる、無数の藤の滝。

両脇《りょうわき》には切り立った崖《がけ》があるが、そちらに蔓を広げていない。滝つぼにあたる平地は一面の草原、ところどころ白い花が咲いていて、それも飛沫のようだった。

草原の中には数本、木が疎《まば》らに生えていた。その木のすべてに古びた莚《むしろ》がかかっている。いくつかの藤はその莚を縛るように蔓が巻き付いているのが妙だった。

もちろん莚は人為的に巻き付けられたものだろう。藤の生育に関する風習か、それとも何かのまじないだろうか。

「藤の花の匂いでしたか」

風の向き次第ではかなり強く香る。ひどく甘く、むせ返るほどに。

「これほどの数の藤――こんな迫力の藤を見るのは初めてです」

斜面はほぼ一面淡い紫色に染まっている。緑の葉は波紋のようでもあり、ところどころに混じる白い藤もまた波頭のよう。それが風と自重によって草原へと房の先を伸ばし、砕かれた飛沫が広い草原に小さな白い花を散らした様は、両脇の峻険《しゅんけん》な崖の様相とも相まって、一枚の油彩画のようだ。

「これが自然の造形だとは」

真汐は誘われるように草原に足を踏み入れた。膝《ひざ》上ほどもある草々の中で、白い花が可憐《かれん》に震えている。

「真汐、あまり中には立ち入らないようになさい」

振り返る。好奇心の塊のような廣章はなぜか草原の入り口に立ったままだ。

「どうしたんですか」

てっきり後ろからついて来ていると思っていた。むしろ率先して飛び込んでいきそうなものなのに。廣章は珍しく眉をひそめている。踏み込もうともしていない。

「廣章さま、なにか……」

気になることでも、と言いかけた瞬間、花の香の中に何かの臭《にお》いが鼻をかすめた。

――どこかで嗅いだ、不穏な臭い。

出所を探すと、ほどなくして一部花が途切れている場所が見えた。かなり遠い。広場の中央、莚の掛かった木の傍だ。無数の虫が飛んでいる。

近づこうとした、その時だった。

真汐の脹脛《ふくらはぎ》に何かが触れた。直後、下から何かがせり出し、甲高い木の音が辺りに響き渡った。

「なっ」

――鳴子だ。

カランカランと乾いた木鐸《ぼくたく》があちらこちらで大量にぶつかり合い、崖に反響するほどの騒音となっている。

慌《あわ》てて主の許《もと》へと駆け戻った。

「廣章さま！」

主を背に庇《かば》いつつ、すぐさまあたりを見回した。人の気配がする。どこからだ。

はっと気づいて顔をあげる。崖の上に人影が見えて、消える。

誰何《すいか》する間もあらばこそ、気配に目を戻した。

人が現れた。どこから出てきたものか、左右から、草原の周囲に沿うようにして現れた。二人ずつ三組、六人だ。農民のなりをしている。近くに住む人たちだろうか。すぐさまその手に武器のないのを確認する。

「廣章さま、お下がりください……」

「大事ないでしょう。ご挨拶《あいさつ》せねば」

「ですが」

さきほどの――花の途切れた場所。

真汐の眼はわずかな一瞬でそれを捕らえていた。

まだ新しい盛り土、不自然な形の空き地——飛び出ていたもの、蠢《うごめ》く夥《おびただ》しい数の虫。

花の香にまぎれて漂っていたのは——死臭。

「廣章さま」

主は大丈夫だと真汐の前に立つ。近づいてきた男性に帽子のつばを持ちあげた。

「こんにちは。旅の者ですが、不調法で鳴子を鳴らしてしまったようです。謝罪はどなたに？」

進み出たのは不惑を超えたくらいの男性である。

「こちらこそ手間取《あいば》してすまねえです。ここはその……いわゆる『さんまいじょ』なもんで。子どもなんかに無闇《むやみ》に立ち入らせんよう、鳴子を仕掛けておったのです」

「さんまいじょ？」

「えーと、墓所です」

廣章は予測していたかのように頷《うなず》いた。

「それでも入り込みましたはこちらの非。お詫《わ》びを申します」

なんのなんの、と男は愛想笑いを浮かべている。

「それより、良い時分に来《い》なさりやした。今、儂《わし》らの村では祭の期間なのですが、鳴子を鳴らした方は『オトナイサマ』と呼び、款待《とりも》つのがきまり。是非お出《い》でやしてくなんしょ」

お頼申します、と集団が一様に頭を下げる。

「『オトナイサマ』？」

「この祭の時期だけなんで。訪《おとな》う——来訪してくださる神の代わりだと、そういう方々を遇することで、儂らの祭が恙《つつが》なく行われるんで」

「しかし……」

男は眉を下げる。

「呼ばれてくんなんしょ……厄払い《やくばれー》、または験担《げんかつ》ぎと思っていただければ。これは十二年に一度のことなんで、儂らもどうにも熱が入っちまって」

廣章の眼鏡が光る。

「十二年に一度のお祭があるのですか」

そうなのです、と男は意を得たりと頷く。

「オトナイサマには心づくしのご馳《っ》走《そ》を……」

「ご迷惑をおかけしたのにご招待いただけるとはなんともあべこべのようですが、よろしければ是非」

「廣章さま」

良かった良かった、と心底ほっとした顔をした男は、愛想よく先に立つ。一同が一斉に動き出した。取り囲まれるような形になって真汐は眉を顰《ひそ》めたが、廣章は表情を変えることなく、動じた様子もない。

「どうぞこちらへ。ご案内いたします」

二章　訪神

1

風が荒れている。

墨を磨《す》っていた手を止めて、顔を上げた。

この部屋は屋敷のちょうど中央に位置している。外の音はほとんど聞こえないが、唯《ゆい》一《いっ》、小さな天窓から陽の光だけは落ちてくる。嵌《は》め殺《ごろ》しの二重の厚い玻璃《ガラス》が入っているため外気は入らないが、その断続的な鳴動で風の様子を知ることができるのだ。

窓に目を凝らしても、今は暗い穴が穿《うが》たれているようにしか見えない。

顔を戻した。

上手水《かみちょうず》は隣にある。厠《かわや》とは家の外か、軒下付近に作られるものだろう。幼い頃の朧《おぼろ》げな記憶ではどこもそうだった。稀《まれ》に家の中にも作られるそうで、故《ゆえ》に上手水というのだが、それでも家屋の中央にあるというのは珍しいと聞いた。しかも、ここは自分一人しか使用しない。

　世話人《あんもて》がまめに汲《く》み取りをしてくれる。それでも掃除の前は汚穢《おわい》の臭《にお》いで、入るだけでも目が痛い。掃除をしてくれた後しばらくは安心して入ることが出来るのだが、臭いというのは布地に染《し》み込むから、戻れば部屋の中まで臭くなるのが厄介だった。

　部屋を出て小さな廊下に出、左隣の手水に行く。八畳ほどの部屋で寝起きする。本を読み、字を書く。たまに盥《たらい》で行水をする。それだけが自分をとりまく世界のすべてだ。

　ああ、それだけじゃなかったな——。

　思い出して、硯《すずり》の上から墨を振り切り、丁寧に反故紙《ほごし》で拭《ぬぐ》った。

　風が荒れているなら、じきに来るだろう——。

　正座の上に拳《こぶし》を置き、背筋を伸ばす。瞑目《めいもく》して待つ暇すらなく、すぐに足音が聞こえてきた。

　部屋の外で野太い咳払《せきばら》いがした。

「清月《きよつき》殿、おいでんかな」

「おります」

　——手水以外、自由に行けるところなどないのだから。

　入ってきたのは、猪首《ししく》御頭《おんとう》である。序列は参。ゆえに参位《さんみ》殿と呼ばれているが、猪首との冠称がこれほどしっくりくる者もいない。文字通りの猪首《いくび》だからだ。

「外で風が暴れ、オトナイ殿に御二柱が入り申した」

「オトナイサマがいらしたのですか？」

思わず顔を上げる。何を言われても動じなくなって久しいが、さすがにこれには驚いた。目で探すと、戸の外に控えている人影が見える。ちらりと見えるその横顔が頷《うなず》いたようだった。

「本当に」

「冗談《おたれこ》でこんなことは申しますまい」

馬鹿《ばか》にしたような口調だった。その息が酒臭くて、思わず顔をしかめた。

――人がもたらす腥《なまぐさ》さは、心に染みつく。

「祭に影響があるとは思わぬが、今日は殊《こと》に念入りにな。祭の前、もしかしたらこれが最後やも。せいぜい名残を惜しまれい」

参位は背後を振り返ってニヤニヤと笑う。まき散らす空気が、酒の色に染まっていくようだ。

「もっとも風の暴れ方次第では、当夜の式間《ま》際《ぎわ》までお前の手が必要になるかもしれんが」

彼は立ち上がって大きく戸を開く。控えていた人影が室内に入ってきた。

「のぅ、結麻《ゆいま》」

参位より背の高い、棒切れのような細い影は、部屋の中で色彩を帯びる。

村の娘たちのように結いあげることもない、ただ後ろに無造作に結んだだけの髪。地模様さえもはや朧の木綿の筒袖《つつそで》、裾《すそ》からは足首が覗《のぞ》いている。また背が伸びたのかもしれない。

紅を刷《は》いたり身を飾ったりもしていないせいか、発育の悪い体つきのせいか、一見してすぐに女性だと見抜くのは難しいかもしれないが、こちらに向けるまなざしはどんな飾りより優美だと思う。

「清月殿」

頷いて差し伸べられた結麻の手を取り、立ち上がった。あまりにどちらも素直なので弄《もてあそ》び甲斐《がい》がないのだろう、参位はふん、と腕を組んだ。

結麻に手をとられ、歩いたのはほんの数歩。上手水の脇《わき》の小部屋である。

結麻の手で重い錠が開けられる。

ここには畳さえない。剝《む》きだしの板張りだ。廊下側の引き戸の上にだけは大きく開けた隙間《すきま》があって、外から中が見える造りになっていた。

以前はここには蠟燭《ろうそく》しかなかったが、いつからか洋燈《ランプ》が使われるようになっていた。

結麻が明かりをつけると、小部屋の隅にいた百足《むかで》が黒光りの背を翻《ひるがえ》して隅へと逃げていくのがみえた。

「結麻、儂《わし》が見ておらんでも、しっかりやれよ」

「承知しております」

抑揚のない結麻の声に、興が失《う》せたか、酒の続きが気になったか、参位は格子《こうし》から検分するという役目すら放棄して、そそくさと奥へと戻っていった。

「このところ、お役方は連日酒宴なのです」

結麻が呟《つぶや》く。その声に嫌悪《けんお》が滲《にじ》んでいるのに気づいて、苦笑した。

「祭の前だからだろうな」

そう言いながらも、実際に祭がどのように行われるのか、自分も結麻も実態を知っているわけではない。当然ながら見たこともない。わずかな口伝と文献による推量だけで、日にちが迫った今となっても誰からも詳細を教えてはもらえない。

――仮にもその祭主のひとりだというのに。

結麻は後ろ手のまま訊《たず》ねる。

「どうしますか、今日は済ませたことにして戻りますか」

「そしたら後で結麻が折檻《せっかん》されるだろう？」

あの性悪御頭は、どうせ明日には折檻の痕《あと》を確認しにくるのだ。

「まだ見てくれていた方が誤魔化しようもあったものを……どうしたんです、急に笑って」

結麻の声には悔しげな色が漂っていた。ここに来た時にはなかった。近所にいた偏屈な子どもでも結麻ほどに能面だった者はいない。今も決して感情豊かな方ではないが、物言いや声音には雄弁に感情が顕《あら》われていた。それが妙に嬉《うれ》しかった。

そんなことを思うのは、このお役が終わりに近づいているせいだろうか。

「なんでもない。……始めてくれ、結麻。目立つなら顔でもよいぞ」

とんでもない、と目顔で諫《いさ》めて、腕を出してくださいと彼女は言う。

同時に結麻の顔からは表情が消えた。切り替えは早い。もっともそれが出来ねば、風《ふう》祝《しゅく》には仕えられないだろうが。

結麻の手には黒革の鞭《むち》。

「柄の方で、敢《あ》えて青痣《あおあざ》が出るよう叩《たた》きます。これを噛《か》んで、堪《こら》えてください」

差し出されたのは真っ白な手巾《ハンカチ》だ。苦笑した。

「今さら不要だ。……慣れたものだ。気にするな」

壁に手をついて腕を出した。結麻は頷く。数度、柄が打ち付けられたが、それほどの痛みは感じなかった。だが打たれたところは熱い。一晩も経《た》てばうっすらと痣が出るのだろう。

参位殿が見ている時は派手に鞭の音を立てるが、そのうちのほとんどは当たっていない。軽く当たっても痛くない。そういう技術をいつの間にか会《え》得《とく》していた。

五歳でこの屋敷に来て清月となった。同じ日に来た結麻は六歳だった。あれから十二年。最初は怯《おび》えながらの折檻だったが、それでも所詮《しょせん》は子どもの力、しかもあの頃はまだ真似事《まねごと》でも――形だけのものでも許されていた。

だが今よりもはるかにあの頃の方が恐ろしくてたまらなかった。この部屋に引きずられて来るたびに泣きじゃくっていたものだ。

「嫌な役を、長いこと引き受けてくれたな」

剝きだしの腕をそそくさと袖の中にしまう。痛ましげに眉《まゆ》を寄せていた結麻だが、首を振った。

「清月殿のお役には敵《かな》いません」

まあそうだな、と嘯《うそぶ》くと、二人で声もなくひっそりと笑いあった。

折檻するほうもされる方も、この十二年で慣れすぎた。参位の目を偸《ぬす》む方法を探し始めたのはある程度経ってからだったが、その分連帯感が増した気がしていた。

――共犯、と言ってもいいかもしれない。

「黒曜《こくよう》はどうしている？」

「今日はもうお休みのようです。民江《たみえ》さんがそう言ってました」

そうか、と返した。

黒曜にはこの二年ほどほとんど会えていない。それまでは清月の部屋に入り浸り、何か話をしろだの、遊べだのと甘えることが多かったのに。

彼ももう十五歳だ、と自分に言い聞かせていた。そういう時期だ。依存よりは余程いい。自立心が強くなるのも悪いことではない。寂しさなら自分が我慢すればいいだけだと。

だが二年の間に状況が変わった。なんとか会って話をしたいと望んだが、黒曜自身が拒んでいると言われればどうしようもない。

そうこうしているうちに祭が近づき、祭主の潔斎時期を迎えてしまった。殊に祭主同士の接見は慎むべきとされている。祭当夜まで会うことができない。

現状、打つ手がない。

ふとさきほどの参位の言葉を思い出した。

「オトナイサマか……」

「オトナイサマがいない年もあるとは聞きますが、此度《こたび》はいらっしゃるのですね」

「会えないだろうか」

結麻は驚いたようだった。

「……オトナイサマにですか？」

すぐに眉を顰《ひそ》められる。

「難しいのでは」

そうだろうな、とは思う。しかし。

「どちらの方々だ？」

「府内から……帝大の講師とその書生だと聞きましたが」

帝大、と反芻《はんすう》した。胸を押さえた。鼓動が早い。身体《からだ》が辛《つら》いわけではない。

違う、という想《おも》いと、もしかしたら、との希《のぞ》み。

「無理は承知だが、どうしてもお会いしてみたい」

新しい風を齎《もたら》す人々か――それとも悪《あ》しき風を纏《まと》う者たちか。

「結麻」

重ねて望みを口にすることは多くないからだろう、結麻は意外な様子だったが、やがて無言で頭を下げた。

2

オトナイ殿とは、龍屋敷――つまり母屋《おもや》から見て離れの建物として存在しているのだと聞いた。だがかなりの敷地と建坪がある。庭も広く取られ、一軒の家――屋敷と呼んだ方がいいだろう。周囲を窺《うかが》えば、生垣の合間から屋根のついた渡り廊下が見えた。生垣の背は高く、真汐《ましお》の目をもってしても切妻造りらしい屋根が見えるのがやっと、母屋の詳細はうかがい知れなかった。

オトナイ殿には、屋根の上にさらに一段小さな屋根がついていた。

「越屋根《こしやね》ですね。おそらく囲炉裏があるのでしょう」

廣章《こうしょう》がそう言っていた。ではあれは煙を逃がすための装置だろうか。

引き戸には高級そうな角材が使われている。間口も大きく取ってあり、開放感があった。履物だけで二、三十人分は入るのではと真汐は思い、次いで呆《あき》れた。いくら田舎とはいえ、これはもう分限者の住まいか寄合所だ。

磨き上げられた艶《つや》のある廊下の板張りはおそらく檜《ひのき》、他にも桜や黒杉など、梁《はり》や縁柱にも木目も美しい材をふんだんに使っている。木材の種類はわからないが、贅《ぜい》を凝らした造りであることは一目瞭然《いちもくりょうぜん》だった。和と洋の違いこそあれ、逗留先《とうりゅうさき》の旅館にも引けをとらない。

「さすがは信濃というべきでしょうか」

感心したような主《あるじ》の言葉に、真汐は首を傾《かし》げる。

「『信濃』の語の由来です。古事記では『科野《しなの》国』でしたか。『科の木』に因《ちな》んでいるとも言われているそうです。更級《さらしな》そばの『級』や『科』の言葉は元々『坂』を意味するそうで。丘陵の多い地ということ、シナの木に代表するような木材の産地であることが名前の由来だったのでしょう」

なるほど、と真汐は感心する。科の木に因むほどにふんだんにある木材ならば、贅を凝らしたこの家はさもありなんというものだろう。

「シナにはもうひとつ、級長津彦命《しなつひこのみこと》——級長戸辺命《しなとべのみこと》に因《よ》るという説もあるそうですが」

「級長戸辺？」

ええ、と廣章は頷く。

「どちらも風の神様ですね」

どこかで聞いたような、と真汐が首を傾げていると、先導していた男が部屋の戸を開けた。

八畳ほどの広さがあるだろうか。茶屋座敷風の造りである。床の間、脇に書院窓。戸棚には障子戸があり、陽光が採れるようになっている。

「滞在中、お二人はこのお部屋を使ってください。御手水は外にあります。お食事は奥の間です。オトナイ殿の中は自由に動いていただいて構いませんし、使用人に申し付けていただければ、便宜を取り計らせていただきます。が、渡り廊下を通って母屋——龍屋敷へ行くことや、外を出歩くことはなりません。特に手水以外の外出はお控えください。十二年に一度の祭に支障が出ますので、そこは祭が終わるまでこの館内でご辛抱いただきたいのです」

「お祭を拝見することはできるのですか」

男は静かに首を振った。

「村人でさえ、祭夜に出歩くことは許されていませんので」

ほう、と廣章の眼鏡が光る。

「理由をお聞きしても？」

男は傍に立つ女性を気にしたようだった。いつの間に現れたのか。先ほどの藤の墓所にはいなかったはずだ。

年は三十路《みそじ》くらいだろう。痩《や》せぎすの、冷たい表情の女性だ。美しくはあるが、目の下の隈《くま》が濃く、暗い印象を受ける。

「代わりましょう」

男はほっとしたように一歩退く。

「オトナイ殿の主、宮沢真鶴《まなづる》と申します。ここでは伝主《でんしゅ》、とお呼びください」

「伝主様、ですね」

いかにも、と彼女は頷いた。にこりともしない。

「オトナイサマのお役を引き受けてくださったことにまずもって御礼を申し上げますが、一度承諾なさったからにはこちらの規則《しきたり》に従っていただきます。村が十二年、辛抱して待ちわびたこの祭の、不成就《ふじょうじゅ》の責任は非常に重いものだと心得てくださいますように」

真汐は思わず眉を寄せた。言葉遣いは丁寧だが、言っている内容は脅迫に近い。

わかりました、と主は微笑《ほほえ》んでいる。

「祭夜に歩けない理由をお訊ねのようでございましたが」

伝主は確《しっか》と主を見据える。

「祭はこの土地の人々が紡《つむ》いできた伝統ある行事。余所《よそ》の土地の方においそれとお話しするようなことはございません」

取り付く島もない。むしろさきほど説明していた男の方が驚いたらしく、目を泳がせていた。

「オトナイサマが祭の間、オトナイ殿にいらっしゃることこそが重要なのです。それこそが祭への参加であるようなもの。是非ともご協力をお願いしたい」

真汐は呆れる。説明はしない、規則には従えと脅す同じ口で、よくも協力などと嘯けるものである。

それは失礼を、と廣章は素直に詫《わ》びる。

「十二年に一度の貴重なお祭、村を挙げての重要な儀式との由《よし》、諒解《りょうかい》いたしました。しかし夜間に祭が行われるのなら、村の皆さんはどこでこの十二年に一度という祭をご認識、ご継承なさっていらっしゃるのでしょうと、不思議に思ったまでのことで」

伝主はその言葉に鼻白んだ様子だった。

「ご心配には及びません。村の衆は参加しております」

廣章は穏やかな笑みを崩さない。

「なるほど、では信を置かれた方々が村の皆さんの代わりに継承なさっていらっしゃるのでしょうね。さぞ重厚で、静謐《せいひつ》な儀式であると推察いたします。祭夜に戒厳令とは……初めて聞く類《たぐい》のものでしたので」

伝主は廣章を睨《にら》んだ。

「夜間の外出禁止は、村の衆の身の安全を考慮してのこと、故なきことではございません。それに祭主様方も村民から選ばれます。この祭を継承するために皆が一丸となっておるのです。今お見えになったばかりの方が、邪推で愚弄《ぐろう》なさるとは不躾《ぶしつけ》にも程があるのでは」

「愚弄などとはとんでもない。何も知らぬゆえのただの素朴な質問、それほどにお気に障《さわ》るものでしたなら、何卒《なにとぞ》ご容赦を」

周囲からは物音はおろか、しわぶき一つ聞こえない。

伝主は廣章を見据えたまま、顎《あご》を上げた。

「先ほども申しましたが、オトナイサマにこれ以上お話しすることはございません」

眼前で戸を閉めるかの如《ごと》き宣言だ。

「そうですか。承知しました」

だが廣章は真汐が驚くほどあっさりと引いた。

「まもなく夕餉《ゆうげ》を差し上げる時刻になりますので賄《まかな》い方《かた》がお呼びします。内湯は明日沸かしますので、ご随意にお使いください」

　男は汗を掻《か》き掻《か》きそう言った。

「祭に臨んではオトナイサマにも潔斎をしていただく必要がありますから」

　こちらには据え風呂《ぶろ》が多いという。庭先や軒下に据えられた簡易風呂だ。ましてや上水の発達していない山村では、水場が近くにある家々にしか用意できない。水を汲むのが非常に大きな労働であるためだ。

　オトナイ殿にも龍屋敷にもそれぞれ井戸があり、龍屋敷に至っては敷地内に川さえあるという。水には苦労していないらしい。なるほどそれで内風呂か、と真汐も納得した。

「上諏訪のあたりは掘れば温泉が出ますので、昔から湯に困る地ではないのですが、さすがにここまでは温泉は出ませんので」

「お気遣いいいたみ入ります」

「何かありましたら賄い方にでもお声をおかけください」

　男たちはそそくさと退出していく。

「伝主様」

　呼び止めたのは廣章だ。さすがに真汐も周囲の人間もぎょっとしたように動きを止めた。

「大切なことを伺い忘れるところでした。敢えてお訊ねしてもよろしいでしょうか」

何も話すことはないと言い切ったはずの伝主は厳しい表情のまま、徐《おもむろ》に振り返る。

「何をでしょう」

「この村のお名前と、十二年に一度というその祭の名称を」

一瞬、毒気を抜かれたようだったが、伝主は軽く顎を引き、恭《うやうや》しく口にする。

「三つの次の枝と書いて三次枝《みつえ》村と申します。祭の名は——風鎮祭《ふうちんさい》です」

廣章は礼を言って会釈《えしゃく》する。男たちは驚く速さでその場から消えていった。

伝主は目を眇《すが》めて廣章を見、次いで真汐を見、ようやく踵《きびす》を返して部屋から出て行った。

※　※　※

座布団《ざぶとん》を暖める暇もなく、伝主が去ってすぐに一人の娘が夕餉に呼びに来た。髷《まげ》はそれほど大きくない。よく日に灼《や》けた肌をしている。賄い方の娘だという。年は十六、七ほどだろうか、落ち着いた物腰である。

奥の間という突き当りの部屋は十畳ほどの広さのある板張りだった。衝立《ついたて》の向こうは一段下がった通路になっていて、おそらく土間はその先にあるのだろう。

廣章の見立て通り、中央には大きな囲炉裏があった。天井は高かったが、太い梁が張り巡らされ、同じく太い自在鉤《じざいかぎ》の先、大きな鉄鍋《てつなべ》がぶら下がって湯気を立てている。

二十代後半くらいの女性が立ち働いていた。

手のひらの厚み以上に編まれた円座のしなやかな硬さが心地よい。目の前には足のついた朱塗りの膳《ぜん》が用意されている。

女性が、若い娘とともに末席に座った。

「ようこそおいでになりました。賄い方の頭をしております乙部《おとべ》民江と申します。こちらは同じく柳沢多津《やなぎさわたづ》。祭日までの三日、オトナイサマ方のお世話をさせていただきます」

二人は頭を下げる。

鍋から注がれた椀《わん》を渡される。湯気の中に味噌《みそ》の香りがした。筍汁《たけのこじる》だという。見たことのないような形状の筍だった。

膳の上には他に、大きな焼き魚に煮もの、佃煮《つくだに》、漬物などが並んでいる。

「伝主さまが居《お》られぬようですが」

仮にもオトナイ殿の主だ。オトナイサマとして滞在する際に、主の同席は当然だと真汐も思っていたのだが。

「お伝様は龍屋敷にお住まいです」

これ、と民江が多津を叱《しか》る。だが出た言葉はもちろん取り消せるものではない。

「オトナイ殿ではないのですか」

民江は言いにくそうに声を低くする。

「ええまあ。ここは私ども賄い方で回しておりまして。十二年の間、オトナイサマがいらっしゃらない時の方が長いですから。平時は交替で、今は特に祭前なので」

「なるほど。不在の屋敷は傷《いた》むと言いますからね」

廣章はにこやかに頷いてから、膳に目を向けた。

「それにしても豪勢ですね、大きな魚だ」

「たまたま干物の寄進があったものですから」

民江はほっとしたように微笑んだ。少し垂れた眦《まなじり》、優しそうな表情の中に、ひとまず険は見当たらないようだ。

「改めまして南辺田《みなべだ》廣章です。帝大で講師の職を奉じております。こちらは当家書生の山内真汐です」

真汐は頭を下げるにとどめた。荷物持ちのような形で杖《つえ》を受け取り、傍に置いている。何かあれば対処は可能だ。

「諏訪には御柱祭《おんばしらさい》をご覧になりにいらしたのですか？」

給仕をはじめる民江に、ええまあ、と廣章は澄ました顔で答えた。真汐は少しだけ胸を撫《な》でおろす。鉄環《かなわ》のお役の話をする気ではないかと気が気ではなかった。

「御柱祭には間に合いましょう。建御柱は六日の昼過ぎから始まりますので」

「祭は御柱の前日でしたか」

「ええ……四日後です。正確には五月六日深夜からです」

「夜の内に終わるのですか？」

「そうです。ご覧いただけないのが残念ですが、六日の朝にはご出立くださって結構ですので」

話している間に仕度が終わり、膳が整えられた。品数が多く、飯も山盛りである。手を合わせて、いち早く椀を啜《すす》る。汁が喉《のど》へと滑り落ちていく。可笑《おか》しな味はしなかったし、汁が胃の腑《ふ》についても妙な違和感はなかった。

しかし次の瞬間、腹の音が大きく響いて、思わず真汐は身を縮こまらせた。

民江が微笑んだ。

「こんな山の中を歩いて来たんじゃお腹《なか》も空《す》きましょう。たんとおあがりくださいな」

食べても大丈夫だと目配せしようとしたが、主は既に手をつけてしまっていた。

「このような筍はみたことがありませんが、なんという竹なのですか？」

「ちまざさというのです。こちらではこの時期にしか取れないので」

廣章の問いには、多津が答えた。

「それは僥倖《ぎょうこう》でした」

廣章は美味《おい》しそうに筍を口に運んでいる。山のように盛られた飯がどんどん減っていった。

真汐も食べながら、それとなく多津と民江を注視する。動きに不自然なものは感じない。村の女子衆、といった風情《ふぜい》しかなかった。

「たくさんいただいてしまいましたね」

民江は多津と顔を見合わせて破顔した。いつの間にかお櫃《ひつ》が空になっている。茶碗《ちゃわん》に茶を注いでくれた。

「南辺田様は健啖家《けんたんか》でいらっしゃる」

嬉しげである。

「どれも美味しかったもので」

主は満足そうに微笑んでいる。真汐は小さくため息を吐《つ》く。半分は毒がなかったことによる安堵《あんど》、半分は——居心地の悪さだ。

確かに腹は膨れたが、どうにも味がしなかった。もちろん不味《まず》かったというわけではない。

「お腹に余裕はおありでしょうか。このあと甘味など差し上げても？」

「甘味？」

廣章の目が光る。

「ただの田舎饅頭《まんじゅう》ですけど」

「それは是非」

終始物腰柔らかな廣章の、本日一番毅然《きぜん》とした声だった。主は、無類の甘党なのだ。

民江もくすくす笑いながら盆を運んできた。蒸《ふ》かした饅頭が乗っている。中は小豆餡《あずきあん》だという。廣章はことのほか喜んでいた。

すべて平らげて部屋に戻ることになった。多津が廣章と真汐を先導してくれる。ここにいる間の世話係のようなものだろうか。民江は後片づけに回っている。

部屋の前につくと、彼女は頭を下げた。

「再度申し上げますが、夜間外出はお止《や》めくださいますよう。御手水以外は外には降りられぬと、ゆめお忘れくださいますな」

真汐は口を曲げた。それに気づいたものかはわからないが、廣章は穏やかに微笑んだ。

「気をつけましょう」

後で湯と着替えをお持ちしますと言い置いて多津は廊下へと消える。

「廣章さま、廣章さま！」

部屋に入るなり、真汐は主を呼ぶ。思わず声が大きくなっている。

「まあまあ。お座りなさい」

言われるがまま主の前に座る。着の身着のまま、旅行用の鞄《かばん》も旅館に置いたままだ。

唯一荷と呼べるのは廣章の杖だけである。

「言わんとするところはわかっていますけど」

「まるで軟禁ではないですか！」

ずっと言いたくてたまらなかった言葉である。

「よくそんな言葉を知っていましたね」

感心したように主が褒めてくれるが、焦点はそこではない。

「軟禁……まあそういう言い方もできるかもしれませんが」

「たしかにもてなしは受けております。ですが手水以外、実質外出禁止のまま四日間も留め置かれるなど、正気の沙汰《さた》とは思えません」

「ご飯は美味しかったですけどね」

主は暢気《のんき》にすぎる。恨めし気に真汐は小さく呟いた。

「……出来れば僕が食べてから召し上がっていただきたかったのですけど」

毒見をするつもりだったのに、こと食事の場ではすべて真汐より前に手をつけていたのだ。これではどちらが主だかわからない。

毒が入っていなかったのだからよいではありませんか、と廣章は涼しい顔だ。

「郷《ごう》に入れば郷《ごう》に従えですよ。元はといえば私たちが禁を犯してしまったことに始まったのですし」

それを言われるとぐうの音も出ない。たしかに不用意にあの場に立ち入り、鳴子を鳴らしたのはほかならぬ真汐自身である。

「オトナイサマは『厄神《やくじん》の宿』の風習に似てもいますよね」

厄神とは、疱瘡《ほうそう》神や貧乏神他、流行病《はやりやまい》や日照り神といった、いわゆる歓迎されない神々を指す。

本当に迎え入れたい年神などに先立って厄神を招き入れ、もてなし、送るという、今も各地に残る風習である。

「もてなしたのだから、当家には禍《わざわ》いを成してくれるなということ、でしたか」

南辺田家の元家令から、いつぞや教わったものだ。

「そうです。我々の役割は南冠《なんかん》の囚《しゅう》ではなく、さしずめ厄神といったところでしょう。予期せぬ招かざる客、だが祭を前に禍いを起こされても叶《かな》わない。そのために無下にも出来ず、もてなしと引き換えに災禍を防ぐ――と」

なにしろ十二年に一度という秘祭らしい。この慎重さも験担《げんかつ》ぎとも呼べる風習も、祭の成功のために必要なものなのだろう。

「しかし廣章さま、よくあそこが墓地だとお判《わか》りになりましたね」

男はあそこを墓所《さんまいじょ》だと言っていた。卒塔婆《そとうば》や石塔があれば真汐とてそれと気づいただろうが、そういうものは一切なかった。どこにでも見ることのできる、白い花の揺れる、ただの野原にしか見えなかった。

「木に莚《むしろ》がかかっていましたでしょう。『アトミラズ』ならば説明がつきます」

「『アトミラズ』？」

言葉は文字通り、後ろを見ないという意だそうだ。

「卒塔婆や墓石の置かれた、いわゆる墓地を骸《むくろ》の埋葬場とするなら、アトミラズは魂の埋葬地です。袋に五穀を入れ、それを括《くく》りつけた莚を担いで、墓地付近の木に巻きつけて戻ってくるという習俗です。この往復に際しては、声を出さないというところが肝のようで、たしか東北のほうではまだ続いている風習ですよ」

莚に霊魂を依《よ》りつかせ運んでいると考えられる。その莚を墓地近くの木に巻くという行為は、遺骸《いがい》から離れ出た霊魂を彷徨《さまよ》わせたくないという願いがあるのかもしれない。

「墓地付近の木に莚がかかっていたら、アトミラズだと思って良いでしょう」

「霊魂の墓地、ですか」

「骸と魂を分けて考える風習は古くからあったようですよ。通常は遺骸と霊魂は出来るだけ近くで弔うものです。あそこにはたくさん草が生えていましたし、低めの石塔や卒塔婆があったやも。単に私たちに見えなかっただけかもしれません。とはいえ木に莚を結いつけるのはどこにでもある風景ではありませんからね」

なるほど、と真汐は息を吐く。

「しかしこの辺りはアトミラズの風習はないものと思っていたのですが」

意外そうだった。

「なぜもっとわかりやすく、卒塔婆などを目立つように立てておかなかったのでしょう。低めの卒塔婆だというなら、草を刈り、墓所だとわかるようにすれば良かったものを」

あれは野放図と言っていい。手入れをしているようには見えなかった。

「見る人が見れば、アトミラズも目立つものではあると思うのですけどね」

だが皆が皆、廣章のような知見を持っているわけでも、東北の出というわけでもあるまい。

「それに、アトミラズは短期間で莚を片づけます。いつまでもそのままにはしておかない。明らかに年数の経っていた莚が気になります……」

藤が巻き付いていた莚――。

「廣章さま」

真汐は言葉を選ぶ。

「あそこは霊魂の墓地――アトミラズではないと思います」

廣章は眉を上げる。

「理由は」

「骸がありました」

主は驚いたようだった。

「い、一応埋葬はしてありました。おそらくごく最近埋められたものかと」

真汐は目が良い。自分でもこれだけは取り柄だと思っている。

「盛り土の色が濃いままでした。土が新しかったこと、出ている足の指が完全に骨になっていなかったこと、虫が集っていたこと……墓所だというなら、あのような雑な埋め方をするでしょうか」

野犬に掘り返されたとは思えなかった。

「あの墓所は、村の人を埋めるところではないのではないでしょうか」

真汐なりに考えていたことだ。あの骸は村の者ではあるまい。偶然あの広場に入り込み、だがオトナイサマになることを拒んだ者ではないかと――。

「もしあの時、僕たちがオトナイサマになることを断っていたらどうなっていたでしょうか」

廣章は真汐の言葉に眉を寄せた。

「……あり得ないことではないでしょうね。それに」

「それに？」

「鳴子が鳴ってから、人が来るまでずいぶん早かったように思います。まるで最初からあの場に待機していたかのような」

確かにそうだ。まるで湧《わ》いて出たかのような迅速さ。

「廣章さま、そのことですが」

真汐は思い返す。

「あの時、崖《がけ》の上にも人を見ました」

「人、ですか？」

廣章は眉を寄せた。

「かなり切り立った崖だと思いましたが……」

真汐は頷く。あれは決して見間違いではない。

「一人じゃありません。数人はいました。崖の半ばほどに隠れるように……私たちを見ているようでした」

廣章は顎に手を当てる。ふとその顔が上がり、声を発しようとした真汐を目顔で黙らせた。

しばらくの沈黙の後、真汐の耳にも衣擦《きぬず》れの音と咳払い、カタンという何かを置く音が聞こえた。

「ごめんなんしょ」

「……どうぞ」

廣章の声に戸が開く。多津である。

「湯をお持ちしました」

ありがとうございます、と廣章が微笑む。部屋の隅には衝立があり、そこに大きな盥が立ててあった。多津はその隣に大きな鉄瓶ふたつと白い晒《さら》しを置く。

「湯あみにはこちらをお使いください。湯は窓からこぼしてもらって構いません。明日は風呂を焚《た》きますので」

「ありがとうございます」

浴衣《ゆかた》はこれをお使いください、と多津は糊《のり》の利《き》いた浴衣を差し出した。

「それではこれで」

ありがとうございます、と廣章が礼を言う。

多津がいなくなって、真汐は立ち上がり、鉄瓶を盥の上に傾けた。大きく湯気があがる。晒しを絞って体を拭《ふ》くだけではあるが、汗をかいた身にはそれでもありがたいものだ。

「廣章さま、ご用意を」

廣章は腕をまくりながら近寄ると、そっと盥に手を沈めて湯加減を見ている。

「いかがですか」

真汐から乾いた晒しを受け取り、主は微笑んだ。

「ええ良いお湯加減ですよ。……たいそう温めで」

3

兄ちゃ、兄ちゃと声を嗄《か》らす自分がいる。これは夢だ。夢だとわかっている夢だ。向かい風に逆らうようにして、兄は自分の手を引いている。幼い子どもの二人きりだった。当時居たはずの男たちはここにはいない。なのに夜の中、なぜだか足元には光があって、その道が標《しるべ》のように屋敷へと続いている。

――そうか、これは初めて屋敷に上がった日か。

眼前に聳《そび》え立つ巨大な屋敷が浮いて見える。ひどく風が強い。まるでこちらへ来るなとでも言わんばかりだ。

何度も体が宙に浮いた。

それをつなぎとめてくれているのは兄の手だ。強く握られた右の手が何度も自分を引っ張りなおして地面に立たせてくれる。

途中から一人増えた。結麻だ。結麻はなぜか今の姿だった。

表情は優しい。まるで母親のようで、姉のようで。だが彼女は手をつないではくれなかった。浮いた左手が空を泳ぐ。

「結麻、手を、手を！」

彼女は首を振って、凛《りん》と前を睨んで歩く。いつのまにか兄の姿も成長していた。自分だけが、三つの子どものままで、たどたどしく、彼らの名前を呼んで泣いている。

「結麻、兄ちゃ」

「静まりなさい」

次の瞬間、目の前には金賛《かなさな》が居た。金襴緞子《きんらんどんす》の衣を着て、頭は禿《は》げている。その容姿がこの上なく恐ろしく見えた。控えている御頭《おんとう》たちは首から下が靄《もや》がかかって見えない。顔だけが宙に浮いているようだった。

「さあ、選ぶのだ」

何か長い話をしていて、最後に出たのがその言葉と道具だった。

目の前の、上等な畳の前に差し出された、二つの影。

一つは鉄の鐸《さなぎ》。光っていて、鈍色《にびいろ》だった。持ち上げるとカシャ、と綺《き》麗《れい》な音がする。

もう一つは鞭《むち》だった。黒色で使い込まれたものだろう、ところどころに濃い染みがあった。

「さあ、決めよ。遠部《おんべ》・黒曜か、それとも風祝・清月か」

夢の中の自分は鞭を取ろうとしていた。三つの子どもは、鞭というものがなんであるかを知らない。鐸よりも、小さなその手に取りやすそうだったためだろう。

「だめだ」

厳しい声がした。兄だ。成長した今の兄の姿のまま隣に座している。伸ばした子どもの手を、細く骨ばった手が押しとどめた。

まっすぐに金賛を射抜く——瞳《ひとみ》。

「黒曜は弟に。清月には僕がなる」

わかった、と金賛が頷いた。

まってくれ、と自分が言う。待ってくれ、僕にも選ばせてくれ。

「兄ちゃ」

「——清月は僕だ」

兄は自分を見おろす。

「黒曜になんか、絶対にならない」

拒絶するような眼——こんな眼を向けられたことはないというのに。

「結麻も清月も、お前には渡さない」

いつの間にか、兄の傍には結麻がいた。

待ってくれ、と懇願する自分の声は、なのにたどたどしく兄ちゃとしか発されない。

兄と結麻は自分に背を向けて、歩いていく。

——待ってくれ！

叫び声は兄ちゃ、兄ちゃという声ばかりになって、闇《やみ》の中に響いている。

※　※　※

――夢見が悪い。

眉を寄せたまま瞼《まぶた》を開いた。不快極まりない目覚めだった。

なんであんな夢を見たのだろう。あんな――兄に縋《すが》るような夢など。

顔に手を当てる。じっとりと額が濡《ぬ》れている。

大きな手だ。長い指だ。もうあんなに小さな、無力な子どもじゃない。

「ゆい……」

「おはようございます」

襖《ふすま》が開く。盥《たらい》を持って入ってきたのは民江だった。

「ずいぶん遅いお目覚めでしたね」

「……夢見が悪かったんだ」

勢いをつけて起き上がる。寝巻は汗を吸って重かった。はだけた胸にも汗の玉が残っていて、朝の空気にあっという間に冷たくなる。

「そのままで」

民江が温かい手ぬぐいで顔を拭いてくれた。初夏とはいえ、まだ朝晩の冷え込みは強い。太陽が上がる前はまだ布団から出るのが辛くなるほどだ。

「お胸もお拭きしますね」

目を閉じて拭かれるがままになる。

身の回りの世話はすべて人にしてもらってきた。三歳で就いたから、というわけではなく、遠部・黒曜はそもそも雑事に手を出してはならぬというのが慣例らしい。

「結麻は？」

民江に着物を着せてもらいながらついそう訊ねてしまった。

祭を控え、潔斎期間に入っている。祭主同士の接見はもちろん、結麻に会うのも許可が要る。

別に会いたいわけではない——ただの、いつもの言い癖だ。

「結麻は藤の墓所《さんまいじょ》の見回りに」

藤の墓所と呼ばれる場所は知っている。幼い頃、結麻と民江と出掛けた先で、まんまと鳴子に足を取られた。あまりの音の大きさに恐怖で竦《すく》んで大泣きして、以降近づいていない。

「なんで墓所なんかに」

「夕べ、オトナイサマがいらしたものですから」

「オトナイサマが？」

祭にはオトナイサマと呼ばれる「客」が来ることがあるという。

その客は神の招いたもの、あるいは祭に引かれた縁《えにし》、条件を飲めばそのまま留め置いて丁寧にもてなし、祭後にお帰りいただくという風習があると聞いた。

「ひとり？　どこから？　男？　女？　若い？　年寄り？」

興奮するのも当然だ。村に縁のない外の人間が来ることなんてほとんどないのだから。

矢継ぎ早の質問に、民江が苦笑する。

「お二人ですよ。府内から、男性お二人で。お一人は先生で、おひとりはその書生さんだそうです」

「先生？　ショセイ？」

「書生……ええと、先生のお弟子さんです。十八歳だそうですから、結麻とは同じ歳《とし》になりますでしょうか」

結麻と同い年――。

「先生って偉いの？」

「偉い方だと思いますよ。帝大の先生様なので」

「帝大って？」

ええと、と民江が困ったように眉を下げる。

「清月殿ならお詳しいのでしょうが私は学がありませんから……帝国大学といって、この日本国で一番高等な学問を教えるところ……だったと思います。そこの先生様ですから偉いと言っていいかと」

「なら今日はオトナイサマに会いに行く」

え、と民江が黒曜を見る。

「オ、オトナイサマに、なぜ」

思わず眉間《みけん》に皺《しわ》を寄せた。

どうしてなぜだと問うのか。問えるのか。

――この黒曜に。

「理由が要る？」

いいえ、と民江は焦《あせ》った様子で首を振った。

「ですが、今日は夕餉の前に来るようにと、金賛が」

「夕方までに帰ればいいだろ。供は誰でもいい」

民江は目を伏せる。何かあればいつもこうだ。誰も彼も、笑いながら目を伏せる。本心を覆《おお》い隠したまま。

だが希望は通る。通せる。

「朝餉の後までに誰も来なかったら俺一人で行くからな」

「かしこまりました」

盥を持って民江は下がった。

当然だ——俺は黒曜なのだから。

兄と結麻と金賛以外で、自分の望みを阻《はば》むものはこの村には存在しない。

窓から風を入れる。

目の前には抜けるような青空。嫩芽《どんが》の混じる淡い濃淡の木々を揺らす、朝の澄んだ空気。

窓の桟に寄りかかり、ふと気づく。

また身長が伸びている。

小さく窓枠に爪《つめ》で傷をつけた。十日ほど前に付けたものからもう指先ほども増えている。とはいえまだ五尺《一五〇センチ》と少々しかない。

早く大きくなりたい。

大人が怖くて恐怖に泣く、あの時の子どもはもういない。もう十五歳になった。昔なら元服の年だ。

独り立ちも出来る年齢だ。

「オトナイサマ、外の人間か。さて、何を話そうか……」

ひとりごちてから、ふと思いついた。

——自分には、頼りになる参謀がいるではないか。

朝餉はすぐに来てしまう。
慌《あわ》てて部屋を抜け出した。

三章　鉄環《かなわ》

1

「良いお日和《ひより》ですねえ」

強烈な村人の視線を尻目《しりめ》に、廣章《こうしょう》は上機嫌で集落を歩いている。

完璧《かんぺき》な洋装の紳士、ましてや本来手水《ちょうず》以外の外出を禁じられたオトナイサマだ。村内を自由に闊歩《かっぽ》するなどあり得ない。

行く先々で珍奇なものを見る眼つきに晒《さら》されていた。動きを止めて口まで開けた人たちに向かって、お騒がせしてすみませんと、頭を下げて回りたい衝動にかられる。

ついさきほどの伝主との攻防もそうだ。思い出すだに冷や汗がでる。

外出許可を申し出た廣章に、果せるかな、厳しい顔をして伝主はそれを一蹴《いっしゅう》した。

『規則だと申し上げたはず』

『厳に行動を慎むべきは祭夜であるとの由《よし》、ならば昼の外出は可能なはず。そもそも祭日までの間、村内は昼間も村人が出歩いているのならば特段問題はないかと』

『問題のあるなしを断ずるのはそちらではありません、こちらです』

『承知しております。夜に外出したいなどと言うつもりはありません。規則を破るのは私の本意ではない。ただ解釈の幅を広げていただきたいというお願いでございます。オトナイ殿とて村の一部のはずでしょう。夜のみならず昼までも逼塞《ひっそく》せよとは、自然の摂理を枉《ま》げること。そういうものは往々にして反発を生じるものではないでしょうか』

理由なき規則に盲目的に従うことは何ら合理的ではなく、従わせるなら説得出来るだけの理由を聞かせろと穏やかに迫る様は、伝主といえどもかなりの重圧を感じたことだろう。

それが功を奏したのかどうかはわからない。

『……村から出ず、陽が落ちる前には必ずお戻りいただきます』

伝主が折れた。固唾《かたず》を飲んで固まっていた民江と多津は顔を見合わせ、ニヤニヤと推移を見守っていた男衆も目を丸くしていた。これが異例中の異例だろうことは容易《たやす》く察しがつく。

主《あるじ》の身なりは良い。当世、身なりだけで人の地位や経済状態を判断することは当然のことだ。貧しい者には、その身なりを整えるということさえ出来ない。また分不相応な装《よそお》いをしないことは社会通念上の慣例でもある。

上質のものだけで誂《あつら》えられたとわかる服、身の丈に合った採寸、外国製の眼鏡と帽子、艶《つや》のある革靴に、黒檀《こくたん》の洋杖《ステッキ》。

伝主は廣章の抗弁に屈したのか、あるいは――。

「真汐《ましお》」

顔をあげた。廣章が指をさした先には、陽光を受けて輝く小さな流れがあった。

「川がありますよ。覗《のぞ》いてみましょうか。何かいるやも」

真汐は苦笑して、それからはっと我に返った。

「廣章さま、そのあたり泥濘《ぬかるみ》がないか確認してください！　革靴に染《し》みたりしたらまた僕が叱《しか》られます」

そんなヘマはしませんよと主は嘯《うそぶ》くが、過去の行状が信用を阻《はば》んでいる。慌《あわ》てて主の後を追った。

※　※　※

小川のほとりにはいつのまにか小さな子どもたちが集まっていた。

「おじちゃん、上手《うま》いねえ」

男の子が目を輝かせて見入っているのは廣章の手元である。

主は上着を脱ぎ、襯衣《シャツ》と胴衣《チョッキ》姿になっている。無造作に草の上に胡坐《あぐら》をかいて、子どもたちの小さな竹の釣り竿《ざお》の餌《えさ》を器用に替えていた。

「廣章さま、一体どこでこんなことを……」

「子どもの遊びとは万国共通ですから……とはいえ大半は明さんに連れまわされた子ども時分に身に着いたものですよ」

真汐は額を押さえた。南辺《みなべ》田《だ》明貴《あきたか》――次期南辺田伯爵《はくしゃく》ともあろう者が。

「兄様たちとは年が離れていましたし。よく面倒を見てくれたのは明さんでしたから」

次男以下は独立して家を出ていたが、先代伯爵である實明《さねあき》夫妻と、その後継たる長子・學昭家族は本邸で生活を共にしていた。學昭も当時八歳の長男明貴を筆頭に、当時既に四人の子に恵まれていた。そこへ誕生したのが實明の末子、廣章である。

「子どもの頃の八歳上の影響力は絶大です。私が少々平凡の範疇《はんちゅう》から逸しているのは、明さんからの薫陶《くんとう》に他なりません」

年上の甥《おい》にあたる明貴は、自身の弟たち同様に廣章の面倒をよく見たらしいが、かなり奔放でもあったようだ。元家令の比《ひ》志《し》島《じま》からも、彼の手を最も焼かせたのは明貴だったと聞いている。

「しかし、お、お手が汚れます」

むしろ真汐の方が及び腰だった。いざとなれば気にならないが、平生まじまじと虫を注視などしない。廣章の長い指の中でウネウネと身をくねらせているその虫から目を逸《そ》らした。

主は意に介してもいない。糸を切るために子どもが小刀を持っていた。刀身の色は黒である。

「美しい小刀ですね……これは石を削ったものですか？」

黒光りする石器のような小刀だ。表面の光を弾《はじ》く不揃《ふぞろ》いな断面からもその鋭利さは容易にうかがえる。

「そうだよ。黒曜石っていうんだって。触るだけで切れるから、刃先には触っちゃだめだよ。だからいつもこれに入れるんだ」

子どもが丁寧に革袋にしまうのを廣章は目で追っていた。

「それは良いものをお持ちですね」

自慢気に男の子は笑って見せる。

「魚もよく切れるんだよ」

なるほど、と廣章は感心したようだった。

真汐は気配に顔を上げた。遠くから一組の男女が近づいてくる。女性は多津だ。男性の身なりは良さそうだった。伝主からの使者だろうか。だとしたら、多津だけでもよいはずだが。

「あ、黒曜殿だ」

子どもたちも気づいたのだろう、口々にそう言った。

「黒曜殿？」

「そう。今日は結麻殿がいないね」

結麻殿、と真汐は主と顔を見合わせた。

「結麻殿は見たらわかるよ」

子どもたちは訳知り顔で頷《うなず》き合う。

「黒曜殿というのはお名前でしょうか」

「そうだよ。殿っていうのをつけるんだよ」

「おじちゃんたち、黒曜殿には『嫌だ』って言っちゃ駄目だよ」

次々と内緒話を教えてくれるように廣章の方へ耳打ちする。

「黒曜殿の言うことは聞かなくちゃいけないの」

「それが決まりなの」

そうなのですか、と廣章は微笑《ほほえ》んで立ち上がる。

「トリの子飛べや、イヌイネの子は気をつけや。オンベになるな、サナギ取りゃるな
……ってね」

年嵩《としかさ》の子が歌うようにそう言い、少しだけ眉《まゆ》をひそめた。

「結麻殿じゃないけど、今日はお供がいるね。良かったね」

真汐は何かを含んだようなその呟《つぶや》きを心に留める。

廣章も目を向ける。多津らはまっすぐに真汐たちの許《もと》へとやってきた。

同時に潮が引くかのように子どもたちが次々と去っていった。

「オトナイサマご一党とお見受けします」

口火を切ったのは、意外にも男性の方だった。美しく端正な顔立ちをしている。仕立ての良い深縹《こきはなだ》の着物がわずかに残るあどけなさを隠してはいるが、おそらく真汐より年下だろう。

「遠部《おんべ》・黒曜と申します。少々、お話をさせてもらえると嬉《うれ》しいのですが」

黒曜と名乗る少年は微笑む。彼の背後で多津が頭をさげた。彼のお供についてきたのだろう。

主は頷く。

「黒曜殿……もしかして、風鎮祭ご祭主のおひとりでいらっしゃいますか」

黒曜は目を見開いた。

「おや、ご存じでしたか」

「ただの勘です」

たしかにあの時、伝主は『祭主様方』という言い方をしていた。主は抜かりなくそれを覚えていたのだろう。

黒曜は人好きのする笑みを浮かべる。

「それはなんとも話が早い」

多津、と彼は後ろを振り返る。

「どこでもいい、手近な家を開けさせろ」

廣章は微笑んだままだったが、その表情が一瞬動いた。気づいたのは真汐だけだろうが。

「場所をお探しなら、このままオトナイ殿に戻りますが」

それには及びますまい、と黒曜は首を振る。

「近くの家に行く方が早いですから」

さあどうぞ、と手を広げた黒曜は、戻ってきた多津と共に歩みだす。

「廣章さま」

「……行きましょうか」

廣章は笑みを絶やさない。

真汐は頷いて、念のため主の手の洋杖《ステッキ》に目を遣《や》った。


——何事もなければよいが。

※　※　※

小川の近くの家の前には、小さな子どもと、乳飲み子を背負った女性が所在なげに立っていた。

「邪魔をするぞ」

黒曜はそう言って堂々と入っていく。多津もその後に続いた。

廣章は女性の前に立つ。女性は目を伏せている。継ぎの当たった、貧しい身なりだ。彼女の後ろから、三歳くらいの幼児が顔をのぞかせている。

「まさかお宅を丸ごとお借りすることになるとは……小さなお子様方もいらっしゃる。どうかご一緒に中へ」

良いのです、と女性は慌てたように首を振った。

「黒曜殿のご要望を断ることなどできませんので。私は隣家に寄せてもらいます。大事ありませんから」

女性は苦笑する。それに、と昏《くら》い目をした。

「こういうのも、もうじきの辛抱ですから」

ふくみを持たせた言葉を置いて、女性はまとわりつく子どもと共に歩いていった。

「オトナイサマ、どうぞ」

多津が再び中から呼んだ。廣章は無言で足を進める。

中は入ってすぐ土間、上がり框《かまち》があり、囲炉裏を囲んだ円座のひとつに既に黒曜が座っていた。

「狭いところですけど、さあ、どうぞ」

黒曜が言う。

廣章の表情は見えなかったが、主は言われるがままに薄い円座のひとつに座った。真汐は斜め後方に直《じか》に腰を下ろす。主の肩越しに見る黒曜は明り取りの窓の陽を受けて逆光になり、あまりよく顔が見えなかった。

「さて、お話とはなんでしょう。出来れば手短にお願いできるとありがたいですが」

黒曜はじっと主を見たようだった。

「オトナイサマ……南辺田様と仰《おっしゃ》いましたか。あなたに折り入ってお願いがあるのです」

単刀直入にそう申し出た。彼は首をかしげる。

「お願い、とは」

「私を、風祝《ふうしゅく》・清月《きよつき》に戻していただきたい」

さしもの主も驚いたようだった。いや、主だけではない。湯飲みを置こうとした多津も、その姿勢のまま思わずといった様子で黒曜を凝視している。

「風祝・清月様というのは……？」

「伝主は祭のことをお話ししましたでしょうか？」

「いえ、詳細までは」

　聞いたのは、祭夜の外出禁止、理由は村の衆の身の安全を考慮した故《ゆえ》であること、歴代祭主は村の者たちの中から選出されること、だけである。

「祭主とは風祝・清月、そしてご明察の通り、この遠部・黒曜を指します」

　多津が置いた湯飲みの中は水である。

　廣章は珍しく手をつけようとしなかった。主が飲まないものを真汐が飲むわけにもいかず、湯飲みを視界から意識的に遠ざけた。

「風祝様とは、どういうお役なのでしょう」

　黒曜は視線を落とす。

「龍神《りゅうじん》――この村を守る風の神の暴威を抑えるための、最も古いお役です。我が兄が就きました。今から十二年前のことです。兄はこの十二年、龍屋敷から一歩も出ておりません」

　真汐もさすがに顔を上げた。

　風祝・清月になった者は祭の日以外、外に出ることも風に当たることも許されないのだという。

「かつて清月となった者の中には、祭の日まで生き延びることが適《かな》わず死んでいった者もいたと聞きます。ひたすら屋内で過ごし、書物を読むだけの毎日なのです」

そのための耳目が私です、と黒曜は付け足した。

「兄の行けない場所に行き、見ることができないものを見ることで慰撫《いぶ》と成す。また強力な邪気が人を害することを避けるために設けられた役職が、この遠部・黒曜なのです」

人を害する、と主は呟いた。

『夜間の外出禁止は、村の衆の身の安全を考慮してのこと、故なきことではございません』

昨夜の伝主の言葉が甦《よみがえ》る。

「害する何かがおありになったのですか」

「荒ぶる神の脅威により、かつて不幸な出来事があったとは聞いています。が、詳細はよくわかりません」

黒曜は表情を曇らせた。

「風祝を閉じ込めることは、すなわち神を閉じ込めることに等しい。それゆえに長年の抑圧で邪気を生じることは致し方のないこととされます。後年、黒曜というお役を作り、風祝の片割れとして大切に遇することで、神の暴威を少しずつ発散させる方法を取り入れたのだとか」

なるほど、と廣章は頷いた。

「神としての依《よ》り代《しろ》を分割し、どちらをも祀《まつ》るというやり方ですか」

「仰る通りかと」

黒曜は神妙だった。

「兄は私の代わりに清月になりました。本来は私が清月になるべきだったところを、不《ふ》憫《びん》に思った兄が身代わりになってくれたのです」

黒曜は俯《うつむ》けていた顔を上げる。

「当時、兄は五つ、私は三つでした。幼い弟にそんなことはさせられぬと、兄は身代わりを買って出てくれましたが、あの時、清月になるべきは本当は私のはずでした」

黒曜は腰につけた黒い何かを外した。カシャ、とそれが鳴る。

「これは黒曜の象徴《しるし》たる鉄鐸《てったく》――鉄の鐸《さなぎ》です。同じく風祝は黒い鞭《むち》を象徴とします。最初にその手を付けたものが、その役に就くのが習わしです――」

黒曜が最初に手を伸ばしたのは黒い鞭だったという。

「兄はそれを無理に枉げて、自分が風祝・清月になることを決めたのです」

「しかし『お戻しする』とはどういうことなのでしょう」

十二年前ならいざ知らず、あと数日も待てば、祭主もその任を解かれるこの段になって。

黒曜は頷く。

「祭の前だから、です。神の御前《みまえ》に立った時、偽りの姿で臨んでは、兄にどんな禍《わざわい》が降りかかるかわからない。優しい兄に神罰など下させてはなりません」

なるほど、と廣章は呟いた。

「しかし、それは仰る相手が違うのではありませんか。選定の場でそれを是とされた方々に仰ったほうがよろしいのでは」

「もちろん申しましたが、私の言ではそれが通らなかったのです」

黒曜は悄然《しょうぜん》としている。

「それゆえ、オトナイサマからも声を、上げていただきたいのです」

「私が声をあげて、果たしてそれが通るとは思えませんが」

特に伝主は聞く耳すらもたないだろう。黒曜はしかし首を振る。

「南辺田様は帝大で教鞭《きょうべん》を執っていらっしゃる由」

彼は微笑んだ。そこだけ花が咲いたようにほころんで、見ているこちらまでつられて笑むような表情。整った造作はもちろん、それ以上に愛嬌《あいきょう》のある、人好きのする顔だ。

「龍屋敷の最高位である金賛殿《かなさな》には継嗣《けいし》の長男が居《お》られます。今年十八のはず。高等学問をなさりたいが府内に伝手《つて》がない、とこぼしているのを聞いたことがあります」

真汐は呆《あき》れた。これほど華やかで優しい顔で、これほど堂々と醜い取引を持ち掛けるものか。

「あなたの言葉なら軽んじられることはないでしょう」

廣章は黙っている。ややあって口を開いた。

「祭の夜は外出禁止と伺っております。祭に参列も出来ず、その……金賛殿にもお会いできない。そんな私が如何《いか》にして声を出せますでしょう」

「金賛殿への伝手は取り計らいます。私から祭の観覧も叶《かな》うようにお願いしましょう。もっと早くにお役を入れ替えることが出来たらよかったが、それが叶いませんでした。せめて当日は、神の意に沿った本来のお役の姿であってほしい。神の前で、兄を偽りのお役として立たせたくはないのです」

黒曜の声音には惹《ひ》きこまれるものがある。物言いも驚くほど理知的、風祝に戻りたいという申し出も、内容を聞けば頷けないわけではない。

——だが。

真汐は眉を寄せた。この、どこか釈然としない違和感を、言葉にするのが難しい。

廣章は小さく息を吐いた。

「私はこの村のことも、祭のこともよく存じません。状況を確認するためにもしばらくお時間をいただければと思います。……お話はこれでよろしいでしょうか」

黒曜は微笑んで軽く会釈《えしゃく》する。

「金賛殿との面会は折を見て設けさせます。どうぞよしなに」

2

「どう思われますか」

歩きながら真汐は主に問う。話を終えても、彼らはなかなかその場を辞去しようとしなかったため、業《ごう》を煮やして外に出てきたのだ。

主はすぐさま隣家に挨拶《あいさつ》に向かった。さきほどの家の子連れの女性を探したが、隣家は全員留守だった。

結局、オトナイ殿へと戻る道を選んでいる。

「片方からの話で何かを決することはできません。こうなっては風祝・清月殿からもお話を聞かねばならないでしょう」

真汐は口を開きかけたが、さきほどの違和感をまだまとめることができず、そうですね、と言葉を濁した。

黒曜の言葉には真実味があった。自分の身代わりに辛《つら》い役目を引き受けてくれた兄への感謝と悔恨には胸打たれるものがあった。申し出も概《おおむ》ね理に適っている。

だがその一方で、人を人とも思わない態度や言葉の端々も軽視できない。

片や重要な役に就いたが故の大人びた物言いと取引、片や奔放で不遜《ふそん》な子どもじみた態度。

どうにも彼の輪郭をつかめないでいる。

考えに没頭していたせいか、気づけばもうオトナイ殿近くまで戻ってきていた。ふと視線を感じて振り向くと、誰かが歩いてくるのが見えた。

最初は少年かと思った。すらりと伸びた四肢に、結い上げず後ろにまとめただけの髪が、強風に煽《あお》られて、生き物のように動いている。

敵意はないが、まっすぐにこちらを目指してくるのはわかる。女性の着物だとは判ったが、断定しかねた。

「廣章さま」

注意を促すと主も足を止めた。

近づいて確信した。やはり少年ではなかった。女性だ。背が高い。真汐の肩程もある。明るい陽の光に、長い睫毛《まつげ》がその白い頬の上に影を落としていた。首元には手拭《てぬぐ》いを襟巻のように巻き込んでいる。

「オトナイサマ方でいらっしゃいますね」

彼女は深々と頭を下げた。

「結麻と申します。この度はようこそおいでくださいました」

丁寧なお辞儀に思わずつられた。

「昨日からお世話になっています。南辺田廣章です。こちらは書生の」

「山内真汐です」

南辺田さま、山内さま、と結麻は復唱している。

『結麻殿じゃないけど、今日はお供がいるね』

子どもたちが言っていたのは、この人のことか。

「さきほど黒曜殿にお会いしてきたのですよ」

結麻は驚いた様子を見せる。

「黒曜に……ぜんたいどうして」

「少々、難しいご依頼、いや、取引をご提案されましたもので」

主は包み隠さず様子を話す。みるみる結麻の眉間《みけん》に皺《しわ》が寄って行った。

「なんとも不躾《ぶしつけ》なことを……黒曜に代わりまして、お詫《わ》びを申し上げます」

廣章はそれを固辞し、しかし、と首を傾《かし》げた。

「結麻殿は黒曜殿のお身内か何かでいらっしゃるのでしょうか」

いいえ、と彼女は首を振った。

　聞けば、結麻もまた六歳にして龍屋敷へと上がり、黒曜や清月とともにこの十二年を過ごしてきたという。

「私が『結麻』のお役に就いた時、清月は五歳、黒曜に至ってはまだ三歳でした。弟を育てるような気持ちで、接してきましたので」

「結麻殿とは、お名前ではなかったのですか」

「名前ですよ。私はここに来た時に『結麻』役の結麻になったので」

　結麻役、と廣章は小さく呟いた。

「ご存知でしたら教えていただきたいのですが、『結麻』という語はこちらに特有のものでしょうか」

　彼女は頷く。

「郷里では聞いたことがありませんでしたから」

　廣章は眉を上げる。だがひとつ頷いて続けた。

「麻を綯《な》う——結うとは、昔から特別な意味を持ちます。しめ縄も水引も元は麻、幣帛《へいはく》大幣《おおぬさ》も麻を織ったもの。麻とは古くから宮中や神に仕える方々にはなくてはならないものでした。こちらでもそのような位置づけでしょうか」

　結麻は驚いたようだった。

「よくご存じですね。私は詳しくはないのですが、その昔、神の遣いは、その神聖なる証《あかし》として藤蔓《ふじづる》で編んだ首飾りを掛け各地を回ったそうです。その首飾りを結麻と呼んでいたとか」

　廣章の急な問いに、真汐は首を傾げている。名前に何か問題でもあるのか。意図が見えない。

　だが主の顔は真剣だった。

「首に掛ける幣――それは神のご威光、象徴ということでよろしいのでしょうか」

「まさしくそうです。私は動けない風祝・清月のため、『威光』の役を担《にな》っております」

　結麻さん、と廣章は眼鏡を光らせる。

「女性に向かって無礼は承知のうえです。その首の手拭を取ってみてはもらえませんでしょうか」

　彼女が息を飲むのがわかった。

「なぜ、でしょう？」

「子どもたちが教えてくれました。結麻殿は見たらわかる、と」

　確かに今の彼女を見て『結麻』殿であるとすぐに知れる特徴はない。彼らは何を指していたのか。しかし手拭の下にも何かあるようには見えないが。

　結麻は苦笑したようだった。

「子どもらからお聞きになったのですね……あまり人目に付かないようにはしていたの

ですけど」

しゅるり、と手拭を取る。真汐は危うく声をあげるところだった。

目に飛び込んできたのは首の白さに浮かぶ黒。陽光すらはじき返す、異質な真一文字。

彼女の首に嵌《は》まっていたのは、鉄の環だった。

環から滲《にじ》みだすように、鬱血《うっけつ》が白い首をまだらの青に染めている。鉄環が食い込んでいるのか、ところどころに切れた傷の赤黒い血がこびりついていた。

言葉を失った真汐とは違い、主の驚きはつかの間だったようだ。

「女性に無体を働くような真似《まね》をお許しください」

「屋内では特に隠して居りませんから、お気になさらず」

強い存在感だ。確かに一見して結麻殿であるということがわかる。

外に出る時だけは、人目を憚《はばか》って手拭や襟巻で隠していることが多いというが、何かの拍子に見てしまう者もいるのだろう。人の口に戸は立てられるものではない。

「取り外しは出来ないのですか」

結麻は首を振る。

「生まれた時からついておりますもので」

そうですか、と廣章は頷いて頭を下げる。

「重ねて失礼を」

「本当に気にしないでください。しかし、お二人にここでお会いできてようございました」

結麻は声を落とす。

「黒曜の後で御不快に思召《おぼしめ》すやもしれませんが、実は私からもお願いがありまして」

驚いた顔の主に、結麻は近づき、囁《ささや》くように言った。

「風祝・清月にも会っていただきたいのです」

「清月様に？」

結麻は眉を下げる。

「清月は十二年ほど風祝としての勤めを続けております。学問が好きで、たくさんの本を読んでおります。こういう機会でもなければ、帝大の先生にお会いすることもありません。面倒なご依頼と存じますが、どうか」

深々と頭を下げる。

「頭を上げてください。こちらこそお目にかかりたいと思っていたところです。お許しとご案内さえあれば、どこなりと伺いましょう」

結麻は顔を輝かせた。

「清月が喜びます」

それでは、と結麻は再び丁寧に頭を下げると、そのまま立ち去っていく。

真汐はただ棒立ちのまま、それを見送るしかなかった。

3

「首尾はどうでありました」

とろりとした闇《やみ》の中から気怠《けだる》げな声が訊《たず》ねる。

汗ばんだ胸に伸ばされた手を煩《わずら》わしげに払うと、彼はうつぶせになって枕辺《まくらべ》の煙草盆《たばこぼん》を引き寄せた。

刻みに火をつける。独特の香りが狭い空間を覆《おお》っていく。自由に喫《す》えるのはここだけだ。

「首尾も何も」

くくっと彼は笑う。

「多津はえらく驚いていたがな」

まさか殊勝な顔で兄のためなどと言い出すとは思ってもいなかったに違いない。

ここ二年程は、清月のことなどおくびにも出してこなかったから。

さもありなん、と声は笑いを含む。伸びてきた骨ばった手が蛇のように背中を這《は》う。

「ただ『清月に成り代わりたい』などと言ったところで、怪しまれるのが関の山……まずは切々と苦労を掛けた兄様への恩愛を訴えた方が通りがよろしいはずです。本来なら金賛に使うはずの仕掛けでしたが、あのオトナイサマなら利用価値もありましょう。その反応はどうでした」

「つかみどころのない男だ。後ろに控えていた従者の方が表情豊かであったが」

帝大の講師だと聞いた。微笑みを絶やさずにいたが、その感情の起伏は見えなかった。乳飲み子を背負った女の家を使うことになったと知った途端、従者の顔に険が浮いた。

「わかりやすい男だったな。十八歳と聞いたが、坂東《ばんどう》の男とはああいうものか」

「皆が皆、そうではありますまい。それにあれは従者ではなく書生だそうですし」

「へえ……金賛の息子も清月もそいつも。勉強したいとは奇特な奴《やつ》らばかりだな」

「ええ——あなたはそれでよろしいのです」

女はよく分からないことを言い、背中の手を首の裏に這わせる。

「帝大の講師とはそれほどに偉いものか」

「あれの出自は伯爵家だそうですよ。利用価値は華族であること——貸しは作っておくにこしたことはないでしょう」

「オトナイサマの外出も貸しのひとつか？」

「まあそんなところです。予想の埒外《らちがい》でしたけどね」

女は思い出したのか、顔を歪《ゆが》めた。オトナイ殿からオトナイサマが外出など、前代未《ぜんだいみ》聞《もん》なのだそうだ。

「とはいえ、すぐに教えてもらったお陰で、追いかけられたがな」

女は身を起こすと、唇を背中に押し当ててきた。

「私はあなたのためならば何でもいたしますよ」

「俺や南辺田が何か仕掛けをしてもしなくても、結局あんたがなんとかしてくれるんだよな？」

先ほども言ったでしょう、とねっとりとした声が返る。

「私が黒曜の願いを聞き届けなかったことがありましたか。あなたのためにならぬことを私がすると思いますか」

彼は答えず、再び煙管《きせる》を吸うと、カン、と灰を盆に打ち付けた。

「兄の——清月の謀《たばか》りを教えてくれたりも？」

そうですとも、とその指が指に絡《から》みつく。

「あなたは風祝を選ぶはずでした。それを阻止したのは兄者です」

薄らと記憶にある。確かにあの時最初に手を伸ばしたのは黒い鞭の方だった。

その手を払いのけ、自ら風祝に名乗りをあげたのは兄である。

当時、自分は三歳、兄は五歳。自分を庇《かば》って風祝になってくれたのだと、つい先ごろまでそれに疑いすら持たなかった。感謝と畏敬《いけい》、悔恨の念をいだいていたのは決して嘘ではなかった。

この謀りを知るまでは、大好きな兄だったのだ。

「『オンベになるな』か……」

いや——知らなかったのは自分だけだったか。

この村で陰で囁かれる里歌だそうだ。もちろん自分たち兄弟も知らされていなかった。

「清月はあの時五歳。あらかじめ解《わか》っていたはずですよ。だから自分が生き残るために、先んじてあなたに遠部を押し付けたのです」

——そうでなければ、話を理解できる子どもが、自ら風祝になどなるものですか。

何度聞いても不愉快な話だった。

——兄は弟を売り、一人で助かろうとしたのだ。

煙管を置いて、再び女を組み敷いた。

思えば兄は一度たりとも自分に恨み言を言ったことはなかった。十二年も外出もできずにおり、あまつさえ折檻《せっかん》も受けているという。とはいえ、一見して大怪《おおけ》我《が》をしていたようには見えず、怪我をした箇所をみることもなかったから、実際その折檻がどのくらいのものなのかを知ることはなかった。

そんなものは形式だけのものですよ、とはこの女が教えてくれたことだ。

結麻がその折檻役だと知ってからは、心配することもなくなった。姉とも恃《たの》む身内同然。どうせ手心を加えているに違いないのだ。

『兄様、お話をしてください』

風祝ほどの制限を受けなかった自分は、よく兄の部屋を訪ねた。十歳になる頃までは、朝から晩まで文字通り入り浸っている状態だった。

『今日は何を話そうか』

兄の話す昔話が大好きだった。外出を許されない彼のところにはたくさんの書物が持ち込まれ、夥《おびただ》しい数の冊子などが保管されていた。早い段階で文字を覚えた兄は、驚くほど造詣《ぞうけい》が深く、洋の東西を問わず、様々な物語を話してくれた。

自分の下で喘《あえ》ぐ女の声を聴かないようにして、黒曜は思い出を反芻《はんすう》する。

やがて綴《つづ》り方や読み方も、結麻と一緒に兄から教わることになる。教育など不要、黒曜殿は礼儀を知らずにいても許される。そういう風潮を兄は嫌った。遊び盛りの子どもには、多少なりとも窮屈ではあったが、物語が好きだった自分は本を読みたい一心で言葉と文字を覚えた。

勉強がしたいのではなく、兄と一緒に、同じ本を読みたかったのだ。

『黒曜殿は大人物《えらもの》である。難解な言葉でもあっという間に書いて覚えなさる』

少しお道化《どけ》た兄が、そう言って褒めてくれた日のことは忘れない。有頂天になった。

だからその後の算盤《そろばん》や算術、歴史の勉強も、気乗りはしなかったが兄のために我慢して受け続けた。兄は殊《こと》の外《ほか》喜び、自分の勉強にも益々《ますます》熱が入っていったと聞く。

字が読めるようになったことは嬉しかった。兄のところから本を借りて、結麻と二人、寝るまでのひと時で読み合いっこをしたりした。時にはそこに民江も混じり、流暢《りゅうちょう》に読み上げる自分に驚いたり、褒めてくれたりした。諺《ことわざ》や故事成語なども物語に落とし込んで話してくれる兄のしゃべり方が好きで、よく真似をした。綴り方を覚えては、兄に手紙を書いてやりとりしていた時期もある。

あの頃が一番楽しかった、と思い出しているのに、女の声で現実に引き戻された。むっとするが、どのみち表情は見られていないのだから、敢えて言葉にはしなかった。

育ててくれた者たち——とりわけ結麻には、この関係は知られたくなかったし、おそらく知られてはいないだろう。

『黒曜殿』は概して見目良く育つもの——けれど頭の足りぬもの。

女はそう教えてくれた。見目と教養の備わった、此度《こたび》の黒曜は稀《まれ》に見る『出来物』なのだそうだ。

女は幼少期の自分たちには一切関与してこなかった。金賛と同じく、一線を引いて他人行儀に接していた。だからあまり口を利《き》くこともなかった。

だがその距離感は、長ずるに従い変化する。二年ほど前から近づいてくることが増え、すぐにそれが情欲込みのものへと変わった。

——女は自分の成長を辛抱強く待っていたのだろう。

初めてこの部屋へ呼ばれたのは一昨年のこと、そこで、おもむろに兄の裏切りを知らされた。青天の霹靂《へきれき》だった。

女が嬌声を上げて、やがて身体《からだ》を戦慄《わなな》かせた。

このようなことは決して珍しくないことだ。言い訳をするように女は言った。黒曜が女なら、おそらく複数のお役殿の慰み者になっていただろう。男でもそうなっていた者たちも少なくないのだから、と。

此度の結麻や清月のように、手つかずのままなのはむしろ珍しいという。単にお役方の食指が動かなかっただけらしいが。

「祭の後、結麻は故郷に帰るのだよな？」

今は、祭の後の満月の水卜《みずうら》を目指して、既に新たな結麻が旅に出ている頃だと聞いた。新たな結麻が来るまでに、今の結麻は戻されるのだ、と。

「……ええ戻されますよ。そうですね、ある意味故郷と呼べる場所でしょうが」

女は意味ありげに息を吐く。黒曜は眉をあげた。

「ある意味？　どういうことだ、結麻はどこに戻されるんだ？」

「それはあなたの知らなくてよいこと。今の結麻はいなくなります。それは決まりです。結麻は元々清月のお付き。母を求めるように結麻を求める必要なんてないのです。あれがどうなろうと関わりのないこと。そうでしょう？」

　女が起き上がる気配がした。

「寂しくなんかないですよ、あなたには私がいます。村には降りられませんが、あなたひとりを匿《かくま》い、養うくらい造作もない。私はこの先もあなたを失いたくはない。いつまでも可《か》愛《わい》らしい私の黒曜で居てくださいな」

　黒曜の頬を愛《いと》しげに撫《な》でて、女は手早く着物を着て出て行った。

「結麻もここからいなくなる、か」

　刻みの香りの中で、自分の呟きがやけに大きく聞こえた。

四章　献饌《けんせん》

1

強い陽射《ひざ》しにもかかわらず、空気はそう温まっていない。盆地特有の底冷えだろうか。朝露をそこかしこに湛《たた》えて光らせる草の上を歩き、ようやく体が火照《ほて》ってきた頃、目当ての家にたどり着いた。

「ごめんください」

訪《おとな》いの声を大きくしたのは開け放した戸の中から、赤子の泣き声が聞こえたからだ。ばたばたと音がして、人影が現れた。

「なんでしょう……あらあなた、昨日の？」

昨日、家を貸してくれた女性である。

「山内真汐《ましお》と申します。主《あるじ》、南辺田廣章《みなべだこうしょう》の遣いで参りました。昨日は大変お世話になりまして、ありがとうございました」

深々と真汐は頭を下げる。

「これを」

差し出したのは御礼を綴《つづ》った手紙である。女性は困ったように眉《まゆ》を寄せた。

「私、文字は読めなくて」

当世、殊《こと》に農村や山間部での識字率はそう高くない。真汐は心得たようにうなずいた。

「私がお読みするようにと言いつかっております」

「中にお入りになりますか。あいにく主人は出かけて居《お》りませんのですが」

真汐は慌《あわ》てて首を振った。子どももいるとは言え、女性しかいない家に上がり込むということがどういう風聞を生むかを知らないほど世間知らずではない。

「とんでもない。外で結構です」

女性はおかしそうに笑む。

真汐は咳《せき》ばらいをして廣章の文章を読み上げた。平易な言葉を多用しているところは廣章の気遣いだろう。

女性は感激した様子で、渡された手紙を大事そうに受け取ってくれた。

「わざわざ御礼をくださるほどのことはしておりませんのに」

「本来ならば主自ら罷《まか》り越し、御礼の品なり持参するところですが、主は所用で人と会っております。また私たちはオトナイサマとして着の身着のままでこちらに滞在しておりますので、何も差し上げるものがありません。あの、失礼になるかもしれませんが、これをお子様にと……菓子です」

紙に包んで手渡したのは大粒のキャラメルが三個。汽車に乗る前に購入したものが廣章の上着のポケットに入っていたらしい。

「これは珍しいものを」

女性は嬉《うれ》しそうに受け取った。聞けば二十歳だという。彼女はやゑと名乗った。

「ところで、やゑさんは龍《りゅう》屋敷の祭についてお詳しい方をご存じないでしょうか」

黒曜はお役たちを引き連れて『廻湛《まわりたたえ》』という祭事の最中であるという。その隙《すき》をついて、廣章は迎えにきた結麻とともに、秘密裏に清月《きよつき》との会談に臨んでいた。

龍屋敷に侵入するのはご法度《はっと》である。一緒についていきたかったが、二人を連れて行くのは難しいと結麻に断られ、諦《あきら》めるしかなかった。

だから真汐は、こうしてひとりで村に下りている。

「祭について、ですか」

「ええ。このお祭にオトナイサマとしてお招きをいただいたのも何かのご縁、村の大事な祭事ならば、その、ぜひ詳しくお聞きしたくて」

我ながら曖昧《あいまい》な動機に聞こえると思うが、必死に言い募った。

理由はもちろん、昨日結麻の首に嵌《は》まっている黒い鉄の環《わ》を見てしまったからに他ならない。

真汐たちが諏訪に来た目的は「鉄環《かなわ》のお役」——御柱祭《おんばしらさい》の翌朝に届けられる、鉄環を持って帰ることだ。

『鉄環』とは幅は拇指《おやゆび》の第一関節程度の太さ、大人が両の親指と人差し指を合わせたほどの大きさで、継ぎ目のないものだと聞いている。

継ぎ目のない、ということは取り外せないということだ。

なのに持って帰るのは、「鉄の環」だけ。

どうしても——おぞましい想像をせずにいられない。

廣章は清月との会談で何かを得てくるかもしれないが、真汐だけが何もせず、オトナイ殿にじっとしているわけにもいかなかった。

やゑは考え込んだ。

「村はずれに鳥居があるんですけど、昔はあそこが神社だったそうなんです。その鳥居の近くに鶏をたくさん飼っているお家《うち》があるんですが、そこに住んでいるお爺《じい》さんなら何か知ってるかもしれません」

ありがとうございます、と真汐は頭を下げた。ついでに、と思わず口を開く。

「やゑさんは、この祭のことをどう思っていらっしゃいますか」

「どう、とは」

いえ、と真汐は口を濁す。

「その……とても独特のお祭のようなので」

やゑは苦笑したようだった。

「たまに他所《よそ》の土地が羨《うらや》ましくなります。その……十二年に一度のこのことを、どうしても考えなくてはならないですから」

彼女はふと昏《くら》い目をして、足元にしがみついてくる子どもの頭を撫《な》でて、呟《つぶや》いた。

「この子たちに、神風が当たらぬことを祈るばかりです」

※　※　※

教えてもらった鶏のお爺さんの家はすぐに見つかった。

動物の臭《にお》いは強烈だ。少し手前からでも臭いで解《わか》る。探すまでもなく、近くの大きな木に鶏が何羽も止まっていた。今しも一羽が羽ばたきを始めて、驚いて真汐は立ち止まった。

長い黒い尾をなびかせながら、思ったより力強い羽ばたきで茶色の鶏が目の前の枝へと飛び乗った。重そうな筋肉の躍動、自分の何倍もの高さを飛ぶ力。

——鶏とは飛べない鳥ではなかったか。

「鶏が珍しいか」

振り返ると、矮軀《わいく》の老爺《ろうや》が立っていた。

「あ、ええ……飛ぶのを見たのは初めてなので」

「ここいらのは野良《のら》に近いでよく飛ぶわ。どこから来なさったか」

「東京です」

「ご府内の鶏は飛ばんかね」

さあ、と首を傾《かし》げる。真汐は飛ばない鶏しか見たことがない。

「で、オトナイサマが何用か」

真汐は驚く。

「なぜそれを」

老爺は歯のない口腔《こうこう》を見せて笑った。

「わからいでか。祭を前にしてこの村で余所者《よそもの》を見るはオトナイサマしかおらんだろう。それでなくても旅人が気安く入り込める村でなし」

歩いてよく分かった。この村は盆地だ。すり鉢に近い。四方を峻険《しゅんけん》な山で覆《おお》われ、すり鉢の底に村がある。つまり、余所者はどこから入り込んでも容易に目立つというわけだ。

にしても、と長い眉を上げた。

「オトナイサマが出歩くなど聞いたことがないがな」

「よ、夜には出歩かないと約束をしておりますので」

慌てた真汐に、老爺は笑った。

「殺されても構わないというなら、好きに出歩けばええだけよ」

老人は家の中に入ろうとする。真汐は思わず声をあげていた。

「あの！　その祭のことについて教えていただけないでしょうか！」

老爺は歩みを止める。

「祭？」

真汐は頷《うなず》く。老爺は真汐の顔をじっと見つめた。

「わけありな顔をしとるの」

風鎮祭《ふうちんさい》が終わった翌日に、鉄環は届けられるという。

十二年に一度の鉄環のお役。十二年に一度の風鎮祭。首に鉄環の嵌まった女性。

見当違いであればいい。別の鉄の環が、別のところから届けられるならそれでいい。

――これらがただの偶然の一致だと、思える根拠が欲しいだけだ。

「詳しくはお話しできませんが、人の命が、懸かっているかもしれないのです」

「その命はお前さんの知り合いか？　それとも身内かね？」

いいえ、と真汐は首を振った。結麻とは昨日初めて会い、今朝、主を託しただけの関わりでしかない。

「なら捨て置けばよかろうよ。大人しくオトナイ殿でもてなしを受け、従順に言うことを聞いて居れば、いずれ己の日常に戻れるだろう。その間に誰の生き死にがあったとて、お前さんに関わりがあることではあるまい？」

　違う、と真汐は首を振る。老爺は言葉を重ねた。

「何が違うかの。そもそも余所の村の祭祀《さいし》に首を突っ込むべからず……これは全国津々浦々、どこでも同じことを言うだろうよ。お前さんは他所の家に土足で踏み入るような真似《まね》をしている。大変に不躾《ぶしつけ》で無遠慮だ。わかっておるか」

『培《つちか》われてきた習俗・伝統はどんなものであっても敬われるべきです。そこに根を下ろさぬものが軽々に否定していいものではない』

　それは主の基本姿勢でもある。

「わかって、います」

　真汐は歯を食いしばる。この悔しさがどこに起因しているかは、よくわかっているつもりだ。

「皆さまの祭祀を、培ってこられた伝統を否定するつもりはありません。ですが」

　――真汐兄《マースニーニー》さん。

　南の島でも、北の地でも、命が喪《うしな》われた。助けることができなかった。救う方法も、その判断の是非も――善悪さえ――未《いま》だにわからない。

救済だったと考えることが傲慢《ごうまん》ではないと言えるだろうか。是非を思うことが出来るのも自分が生きているからこそだというのに。

拳《こぶし》を握り締める。

「喪われることを是とする命など、あってはならないのです」

鉄環については、どうか杞憂《きゆう》であれと願う。確証はもちろんない。結麻本人との面識も浅い。なんの因縁もない。

——けれど。

「誰かの命の犠牲をもってしか成り立たない祭祀を『我が土地の祭』だと胸を張って言えるのでしょうか」

老人は答えない。

「僕の主はある場所でこう言いました。儀式とは人が作るもの——それを受け継ぐ者ならば、作り変える権利もある、と」

時代を経るにつれて、変わっていくもの、変わらざるを得ないものもある。それを受け継ぐものが作り変えることになんの不都合があろうか、と。

「それで消える加護なら最初からないのと同じ——どれほどの高位の神がいらしたとしても、人の贄《にえ》を求めるのならそれは神ではなく、化け物なのではありませんか」

老人はしばらくして、不意ににやりと笑った。

「――伝統を否定しないと言った口で、小気味よくこき下ろすとはな」

老人はそのまま背を向けて、再び家へと歩き出した。

真汐は項垂《うなだ》れる。言葉が過ぎた。自分が老爺でも同じように接するだろう。

「おい、何をしとる」

不意にかけられた声にはっとして顔を上げた。老爺がこちらを振り返っている。

「話が聞きたいなら、付いてこい」

「い、いいんですか」

「最近人と喋《しゃべ》っておらんで、長くなっても良いならな」

慌てて真汐は彼を追いかけた。

2

「お連れしました」

結麻の声がした。戸が開く。空気が動いた。

新しい――風。

結麻が背後を振り返った。

長身を折るようにして入ってきた見知らぬ紳士は、落ちてくる陽光に眼鏡を反射させる。

「あなたが南辺田殿、か」

会釈《えしゃく》される。彼はこの部屋にも、部屋の主たる自分にも驚いた様子を見せなかった。

「南辺田廣章です」

改めてその容貌《ようぼう》を注視する。自分の倍を生きているであろう大人なのに、なぜかとても若々しさを感じた。室内ゆえ無帽であるが、眼鏡も洋装も珍しかった。端正な顔も、穏やかに微笑《ほほえ》む様も、その落ち着きも。彼の纏《まと》う風は、お役たちのもつものとはあまりにかけ離れている。

「清月殿、では私はこれで。南辺田様、後ほど私が迎えに参りますまで、ここからお出になりませんよう」

結麻は心配そうに振り返りながらも出て行った。南辺田はその動きをずっと目で追っている。

「結麻殿はどちらに？」

「廻湛《まわりたたえ》です。先に黒曜が行っておりますが、結麻は結麻で別方向から湛を廻ります」

廻湛とはお役と黒曜・結麻が村を練り歩き、村を寿《ことほ》ぎ、祭の無事を願う神幸《しんこう》だ。

本来、結麻は清月の付き人だが、彼の代理として動くことも多いという。

「これが祭日前のさいごの湛ですから、龍屋敷は今、手薄なのです。最後の好機かと思いましたので、こうしてお呼びたてを致しました。失礼の段はお許しください」

南辺田はお気になさらず、と言ってくれた。

「改めまして風祝《ふうしゅく》・清月でございます。お運びいただきありがとうございます」

南辺田は微笑んだ。

「私もお目にかかりたかった。しかし清月殿の方から私に会いたいと仰《おっしゃ》っていただくとは思いもしませんでした。理由をお訊《たず》ねしてもよろしいでしょうか」

「教鞭《きょうべん》を執っていらっしゃると伺いました。広い視野を、考えをお持ちの方であれば、私たちの抱える問題に何か新しい打開策があるかもしれぬと思うたからです」

打開策、と南辺田が呟く。

「私などがどこまでお役に立てるかはわかりませんが」

清月は頭を下げる。

「ご意見を伺いたいことは無尽にあるのですが、時間は充分にはありませんので」

廻湛には時間がかかるといっても、狭い村のこと、夕刻前には戻ってくる。そもそも龍屋敷へのオトナイサマの出入りは禁じられている。露見すればただでは済むまい。

悠長に雑談している余裕はなかった。

「どうかご遠慮なく。私からもお聞きしたいことがありますし」

もちろん、と自然と勢い込んだ。

南辺田の笑みがさらに深さを増して、心が弾んだ。

※　※　※

家の中は広かった。戸口も土間も余裕があり、茅葺《かやぶき》屋根のしっかりした造りで、立派な襖《ふすま》もある。あちこち破れ汚れているとはいえ、薄く美しい御所車を描いた襖絵まで確認できる。

「お訊ねしても良いですか」

元はかなりの名のある家だったに違いない。

「祭のことだろ。慌てるな、話してやる」

破れた円座を勧められて、遠慮しつつ腰を下ろした。

「いえ、そうではなく……あの、どうして急にお話をしてくださる気になったんですか」

「お世辞言《おちょうべこき》いなら追い返していた。お前さんのこき下ろしが気に入ったからだよ」

どこまでが本気か冗談かわからない。

老爺は五味《ごみ》平蔵《へいぞう》と名乗った。この家にはひとりで暮らしているという。既に兄姉も亡《な》く、親戚との付き合いは疎遠《そえん》だという。

「寂しくないのですか」

「まあたまに姪《めい》らが様子を見に来てくれるでな、それで十分だ。儂《わし》には鶏もおるし……それでなくとも、肩身の狭い思いをさせとるわけだから」

肩身の狭い？　真汐は首を傾げる。平蔵は手を振った。

「儂のことはいい。祭のことが聞きたいという話だったか」

真汐は頷いた。

「この裏に鳥居があるんだが、それは見たかね？」

「いえ、まだ」

「帰りにでも見るといい。臥龍《がりょう》神社という扁額《へんがく》だけが残った鳥居だ。社はもうない」

本来、この村にあった神社はここの裏手——鳥居だけが立っている場所だったという。

「『臥龍神社』があったころは社殿も社務所も立派なものがあったようだが、あるとき大風で鳥居を残して倒壊した。時の金賛《かなさな》は再び倒壊することを恐れて、風鎮祭の祭場である臥龍洞の前に社務所を建てた。それが後の龍屋敷だ」

祭場——臥龍洞。龍屋敷の裏、錠の下りた塀の先にある。風穴だという。

なるほど龍屋敷が肥大化した社務所であるならば、神社機能を請け負うという説明にも納得がいく。

「社殿を建てるのは神の加護が欲しいからだ。困ったら縋《すが》る縁《よすが》としたい。日々の願いを聞いてほしい。祈りをささげたい——だから人々は神下ろしの手順を惜しんで、常駐していただくために社を求める」

社は神の住まいだが、同時に悩み苦しむ人々の想《おも》いの寄る辺でもあった。

「元々大昔には社を建てる習慣はなかったそうだ。龍屋敷を社務とし、臥龍洞の前に鳥居を建てた金賛は、社を廃止して、古来の形に戻すことにしたという。臥龍洞をそのまま社としたのだ」

だから他所の土地の者には奇異に映るんだろう、と平蔵は言う。

「とはいえ臥龍洞は祭場、依然、村の衆が入れるわけもない。入るときには龍屋敷を抜けねばならん。洞の前の塀には錠前がある。近づけない社になったせいで、人々は手を合わせる場を人に求めたんだ。……風祝殿にも遠部《おんべ》殿にも、人の願いを聞く力はないというのにな」

吐き捨てるように言う。

「お詳しいのですね」

「儂のひいひい爺さんは、臥龍神社——倒れた社殿のあった時代の神主だったんでな」

真汐は驚く。

「待ってください、だとすると今の龍屋敷にいらっしゃるのは」

「分家だ。金賛という役職も、元はうちが継承してきたものだ」

道理で、と真汐は平蔵の流暢《りゅうちょう》な説明に内心納得する。

「まあ早い話が乗っ取られたのよ、今の金賛にな。と言っても二百年は昔の話だ。だから真偽のほどは儂にもわからんよ。爺さんに聞いた話を喋っとるだけだ」

平蔵は皮肉気に笑った。

「ただ臥龍洞は昔から変わらず祭場ではあったからな。本来なら——それこそ当家《うち》が神主でまだ社殿があった大昔も、風鎮祭とは夜更けに臥龍の神を祭場へ降ろして、明け方にお帰りいただくものだった。ふんだんに花火をあげ、夜に歩けない子どもも手を引いて臥龍洞の外までなら詣《もう》でることが出来る楽しい祭だったんだそうだ。祭主は風祝・清月殿のみ。龍屋敷が出来てしばらく後も夜の祭は継承していたはずだ。……あの一件が起こるまではな」

「あの一件？」

平蔵は目を眇《すが》める。

「夜に出歩くなと聞いているなら、知っているんじゃないか」

真汐は伝主の言葉を伝えた。

『夜間の外出禁止は、村の衆の身の安全を考慮してのこと、故《ゆえ》なきことではございません』

「身の安全ねえ」

平蔵は皮肉気に笑う。

「教えてやろう。夜に出歩けない事情をな。儂らは『障《さわ》り風《かぜ》の暴《あたけ》れ』と呼んでおるのだが」

今からちょうど百二十年前。寛政六年の寅年にあたる。既に時の金賛は、分家である龍屋敷に移って久しかった、と彼は言う。

「その前の壬寅《みずのえとら》の年が、天明の大飢饉《だいききん》の始まりで。浅間山は噴火するわ、雹《ひょう》や洪水の被害が引きも切らないわで、未曾有《みぞう》の大災害、困窮の十二年だったそうだ」

天明の大飢饉——聞き覚えがある。それは全国規模の飢饉だったはずだ。

「この村だって例外じゃない。なのに十二年に一度の風鎮祭には、御供米《ごくめー》を出さねばならん規則があってな」

「御供米？」

各戸が供出する風鎮祭の捧《ささ》げものだという。

「米に限った話ではないが、ほとんどが米だな。この村で田んぼを耕すのは難しい。棚田はあるが、そうたくさんはできない。だが龍屋敷は年貢《ねんぐ》さながらの取り立てで、必ず御供米を出せと言う。……金賛は村長を兼ねているからな。だが長引く飢饉で疲弊しきった者たちに、大量の御供米を用意しろ、は死ねというに等しい」

風鎮祭の歴史は長い。その中で御供米は伝統でもあった。しかし、その時ばかりは状況が許さなかった。

村人たちは相談した。有志が立ち上がった。

「神がそんなにたくさんの飯を食うはずもない。出した御供米はどこへ消えるのか。龍屋敷が抱え込んでいるなら祭が終わった後にでもみんなに返すべきだ、と。正論だよ」

平蔵はため息をついた。

「昔は祭の振る舞いも多少あったようだが、今はない。当時も大量の御供米に対し、戻りはおそろしく少なくなっていた。金賛たちが着服しているならともかく、金賛をはじめ、お役たちの家々にも不自然な蓄《たくわ》えはない。思い余った有志らが祭の日の朝、龍屋敷に談判に行った。その際、血気逸《はや》った若者らが蔵を破ったが、そこには一粒の米すらなかったそうだ」

彼らはその後、臥龍洞にも踏み込んだという。

「だが臥龍洞にも何もなかったそうだ。明かりを持って踏み込んだ若者が三人、だが戻ってきた者はひとり。二人とも洞の中で足を踏み外して死んだという。かなり深い高さから落ちたから、助けられなかったと」

一人生き残った彼は人相が変わっておったそうだ、と平蔵は言う。

更なる悲劇はその夜に起きた。

鮮やかに夜空を彩《いろど》る深夜の花火、風もなく、心地良い初夏の宵闇《よいやみ》の中で——。

「鉈《なた》を手に、次から次へと村人を襲っていった者がいたのだ。女子どもは言うに及ばず、行き合った年寄りから働きざかりの男たちまで。皆、夜目が利《き》かなかったことが禍《わざわ》いしたんだろうが、誰もそんなことが起こるだなんて予想だにしなかったんだろう。刃物を人に向ける人間などいなかったからな」

頭を縦に割られた死骸《しがい》、腕や指を飛ばされうずくまる者、胴から臓物を覗《のぞ》かせ、まだ息のある者。戦場さながらの地獄絵図だったという。

「そんな……誰が」

「風祝だと言われておる」

平蔵の言葉に真汐は絶句した。

「十二年ぶりに外に出た風祝は、儀式を前に抜け出し、村の人間を殺戮《さつりく》した。狼藉者《ろうぜきもの》に祭場を荒らされた風の神が怒り、次々と目につく人間を襲わせたのだと」

風祝は凶器を持ったまま臥龍洞に逃げ込もうとするが、村人の返り討ちに遭い、絶命したとされる。

「臥龍洞を犯されたことによる神の怒りが、風祝の抑えさえ効かぬほど強大に膨れあがった。風祝ひとりでは足りない。ゆえにそれを機に設けられたお役が、遠部・黒曜殿。お前のいう命の懸かった役職よ」

「え？」

意外な言葉に目を瞠《みは》った。

3

単刀直入に問題を呈したところで、村外の者である南辺田にはわからないだろう。そう思い、清月は手始めに村の成り立ちから説明することにした。

「この村はさる方に安堵《あんど》していただいた地だと言われております。『伝主』はご存じですよね」

オトナイ殿、伝主――宮沢真鶴《まなづる》。痩《や》せぎすの尖《とが》った顎《あご》、にこりともしない険しい表情。同じ顔を思い浮かべているはずだ。南辺田は頷いている。

「かつては『殿主《でんしゅ》』あるいは『お殿《でん》様』と呼ばれていたそうです。ですが書き文字だと『おとのさま』との区別がつかないため、憚《はばか》ってオトナイ殿に関しては『伝主』と書くようになったとか」

「この村を安堵なさる――というからには、高名な方ですね。『殿様』という言葉が使われていた時代から推察するに、ご当地に縁深い貴族……いえ、武将といったところでしょうか」

読みの鋭さに舌を巻きながらも頷いた。

この村には言い伝えがある。かつて高名な鎌倉殿の子息が奥州《おうしゅう》征伐に従軍した際、諏訪の上社に祈願している。その願ほどきの帰りにお忍びで山に立ち入り、怪我《けが》をした。影武者を立たせて帰郷させ、この三次枝村で密《ひそ》かに療養をしたことがある、と。

「その方は……」

「惟宗《これむね》殿、とだけ伝わっております——村では『始まりの殿様』と呼ばれておりますが」

南辺田は絶句したようだった。その氏のみで察することが出来るあたり、さすがは博識の学者といったところか。

「当時村の風祝による祈願により見事平癒したことを加護とし、三次枝村への永年安堵を授けたのだそうです」

その際、この「風祝」を決して絶やさぬようにと言い残したという。

「御柱祭もそうですが、今もこの地方の神社では同じような御柱の祭礼があります。もはやその残滓《ざんし》を確認できませんが、風祝、という職掌も本来の読みは『かぜほうり』、元は上社由来のものであったとか」

現在、上社に風祝という職掌はない。なるほど、と南辺田は頷く。

「古《いにしえ》の職掌が、本社で廃《すた》れたとしても他の地域には残存していた——たしかに不思議ではないですね」

「時代が下っても、一族はなにくれとなく援助をくださっていたのですが、最も支援が大きかったのは惟新《いしん》公――『鉄鐸《さなぎ》の殿様』です」

「惟新公、ですか」

惟宗殿から数えること十七代の戦国武将である。伏見に上洛《じょうらく》した折、部下を連れて何度もお忍びでこの村を訪れたのだそうだ。

「『始まりの殿様』からの口伝で村のことをお聞きになったのでしょう、惟新公はいたくこの地をお気に召してくださり、いらっしゃれない時でさえ名代を寄こしてくださった、との記述があります。公の恩寵《おんちょう》を得、さらに村へさまざまな技術をお伝えくださり、三次枝村は次第に豊かになったのですが」

惟新公が亡くなる直前、名代がこの地を訪れ、風鎮祭に関しての細かい指示をしたとの記述があったという。

「細かい指示？」

「今の祭がこの形になったのは『鉄鐸の殿様』の、そのご指示を受け継いでいるからだと」

南辺田は顎に手を触る。

「風祝の希少性を公らが尊んでいたというのは、十分あり得るお話ではありますが……」

他所の土地の祭礼に首を突っ込むというのはよくよくのことだと言いたいのだろう。

「具体的にはどのようなことですか」

「詳細については私も存じませんが、ひとつだけ確かなことは、『結麻』の追加だそうです。……なぜ追加したのかは不明ですが」

ほう、と彼は眼鏡の奥で目を瞠る。

「かつての職掌である『風祝』、次いで『結麻』が付けられ、その後『黒曜』がお役に加えられました。私があなたとお話ししたいと願ったのは、『黒曜』——我が実弟の件なのです」

※　※　※

平蔵は驚いた顔をした真汐に首を傾げた。

「なんだ、そんな顔して。黒曜殿のことを聞きにきたのだろう？」

「いいえ、違います。黒曜殿？」

意外な名に面食らう。

真汐は昨日の黒曜の態度に不快なものを感じはしたが、彼については特に気にしてはいない。

「黒曜殿も命が懸かっているのですか。いったいどういう……」

「――おまえ、何者だ？」

平蔵は真汐を睨《にら》んだ。

「黒曜殿の件は、村の誰もが知っておる。所謂《いわゆる》暗黙の了解というやつだ。だが、その他のことは祭に関わる者でない限り、知られてはいないはず」

「知られていないとは」

「ウチは金賛でなくなってからずいぶん経《た》っている。金賛であれば知れただろういくつかの事情も、分家が祭の仕組みを遣《や》り変えたためにほとんど伝わってはおらん。だが一つだけ、村人が知らないことが伝わっておる。それは、そこだけはずっと変わっていないからだ」

平蔵はため息を吐《つ》いた。

「お前がもしその者のことを言っているのだとしたら、お前は何者だ。何も知らぬはずのオトナイサマが知ってて良い事情《こと》じゃない。――何をしにここに来た」

真汐は改めて腹を据えて、平蔵を見返した。

「あなたは、結麻殿――彼《か》の人の行く末を、御存知なんですね？」

平蔵は頷いた。

「村人は誰も知らんだろう。そもそも結麻殿はここの人間ではなく、とある場所から連れてこられた人間だ。祭が終われば戻される。そのことは村の誰もが知っておる。十二年をここで過ごし、そこからは郷里に戻ってゆく者だとな」

しかし本当は戻らない、ということか。

嫌な想像が現実になっていく。

「ところで儂はお前さんが何者かをまだ聞いてはおらんが？」

平蔵は目を眇めた。真汐は苦笑した。

「お話しした通りの者ですよ。僕は南辺田廣章の書生、山内真汐です。ただ僕らも、この地に来たのには理由があります」

真汐は、南辺田家に伝わる、『鉄環のお役』の話を聞かせた。

平蔵はさすがに驚いた顔をしていた。

「鉄環の行方など気にしたことなどなかったが……そういう経緯で戻っていたというわけか」

「結麻殿というのはどういう祭主でいらっしゃるのでしょう」

「結麻殿は祭主ではない」

真汐は眉を寄せる。

「違うのですか」

「結麻殿は風鎮祭のお役じゃない。あれは人の形をした風祝の『威光』だ」

そういえば結麻もそう言っていた。自分は動けない風祝のためのお役だと。

「結麻というのは、もともと廻湛の時に神使《おこう》の首に掛ける藤蔓《ふじづる》の首環のことだ。上社でもそう言い伝えられていたはずだ」

結麻とは元々上社の土地神――ミシャグジ神の威光を象徴するものをそう呼んでいたという。

「もちろんこの村では違う。結麻を人の形にして連れていくことで、そこに『風祝の代理』としての威光を得る。清月殿は最初から動けぬ定めだし、必要な場合は清月殿の代理として結麻殿を立てれば、そこを斎場と為《な》すことができるのだ」

あの首の鉄の環は『結麻』の象徴だという。他者に威光が付与されることはない。

「結麻はその昔、『鉄鐸の殿様』によってこの祭が形になった頃に、この祭のために遣わされた者と言われているそうだがな」

十二年に一度、水卜《みずうら》で祭主が決まる満月の夜前後に、鉄の環を首に嵌めた子どもがここに連れて来られるという。

「どこから」

「それは、お前さんの方が知っているのではないか」

真汐は逡巡《しゅんじゅん》して、首を振った。まだ迂闊《うかつ》なことは言えない。

「黒曜殿と清月殿も、十二年に一度、村の中から選ばれることになっている。祭が終わった最初の満月の晩に、龍屋敷で次代のお役方の選定があるが、同時にそこで水卜をする。三歳から六歳の子どもたちの名前を書いた木片を浮かべて、最後まで沈まずに浮いていたものを二人選ぶ。今のお二人はたまさか血を分けた兄弟だが、必ずしも兄弟が選ばれるわけでもない」

木片の最後の二つは、祭祀関係者複数人の立ち合いの許《もと》で、厳正に決められるという。

「風祝や遠部に選ばれた家は祭までの間、つまり十二年もの間、龍屋敷からの保護や寄進が厚くなるし、暮らしぶりも——多少ではあるが楽になる。何よりこれは栄誉なことだとされる。風祝というのは神の代理人であり生き神だが、風に当たることは許されない。だから十二年もの忌《い》み籠《ごも》りが必要になる」

黒曜も話していた。兄は十二年もの間、外に出ることも風に当たることも許されてはいないと。

ふと先ほどのやゑの言葉が蘇《よみがえ》った。

『この子たちに、神風が当たらぬことを祈るばかりです』

神風とは水卜のことを指していたのだろうか。

「強風や災害は風祝殿が神の脅威を抑えられなかったから起こったとされ、折檻《せっかん》の対象となる。鞭《むち》で打たれ、叩《たた》かれ、虐《いじ》められる」

「それは……あまりにも」

折檻と外出禁止が十二年とは。

「風祝の身に溜《た》まったその鬱積《うっせき》が祭の日に解き放たれ、『障り風の暴れ』を招いたと考える者たちは多かった。だから新たに黒曜殿が作られたのだ」

――遠部・黒曜。

その職掌は『神の慰撫《いぶ》』。

「黒曜殿は清月殿の耳目とされる。自由に村の中を行き来して、その様子を清月殿にお伝えする。黒曜殿に非礼を働くは清月殿に働くのと同義、だからみな黒曜殿を丁重に扱う。神の脅威を抑えるのが清月殿なら、神への慰撫、崇《あが》め尊ぶ役割が黒曜殿なのだ」

神を依《よ》り憑《つ》かせる子どもを二人用意し、片方を脅威の抑え込みに使い、片方を慰撫し加護を願うことに使ったということか。

平蔵はそれだけではないぞ、と昏い目で付け足した。

「祭日の夜に解放した荒ぶる神の暴威が、黒曜殿に依り憑くように仕向けたのだ」

――祭日の夜、解放されるのは、ふたりの祭主。

「どういうことですか」

「歴代黒曜殿は、その末路を告げられることはない。だが村の者たちは知っている。だから戯《ざ》れ歌にも歌われる……『トリの子飛べや、イヌイネの子は気をつけや。オンベになるな、サナギ取りゃるな』と」

「……その歌は」

　昨日聞いた里歌だ。

「最初の二つは生まれ年だ。酉《とり》・戌《いぬ》・亥《い》・子《ね》年の子どもたちは、寅の年に該当年となる。オンベもサナギも黒曜殿を指す。仮に水卜で選ばれたとしても、鉄鐸を取るな、遠部を選ぶな、との意味だ」

　鉄鐸とは遠部・黒曜の象徴だという。

「清月殿は辛《つら》いお役だ。幼児の頃から折檻はある、一切外に出られない。自由はない。片や黒曜殿は蝶《ちょう》よ花よと傅《かしず》かれ、綺麗《きれい》な衣装《べべ》を着せられる。村に下りて見知らぬ家に上がり込み、そこで家主の食べ物を取って食おうとも咎《とが》められない。誰も叱《しか》る者などいない。待遇だけを見ればまるで殿様だ。……だがなぜ親が幼子にこの歌を覚えさせると思う？　黒曜を『選ぶな』と教え聞かすと思う？」

　真汐は息を飲む。

「そうだ。遠部・黒曜殿の本当の役割は、清月殿の押さえていた神の暴威を憑ける依《よ》り代《しろ》となることだ。風祝という古来の役職を守るために、そのために作られたお役だ。祭夜に解き放たれた神の暴威を受け入れた黒曜は村に下り、化け物と化す。お役たちがそれを防ぎつつ祭場へと追い立てる。それが今の風鎮祭だ。夜に戒厳令が出されるのはそのためさ。暴威を依り憑かせた黒曜に出会えば殺されても文句は言えない。外に出た者が悪いとの理屈よな」

　この決まりも、村人への虐殺《ぎゃくさつ》を回避するためだと言われれば従わざるを得ない。

「神を依り憑かせた黒曜はそのまま祭場に追い立てられ、殺される――こうして十二年毎《ごと》に、遠部・黒曜殿が選ばれてきたというわけだ。……我が子をこの二役に就かせたいと思う親は滅多におるまいよ」

　背中を冷たい汗が流れた。

※　※　※

「水卜で選ばれた子ども二人は、満月から二日以内に龍屋敷に呼ばれます」

覚えている。まだ足取りもおぼつかない幼い弟の手を引いて、重々しく大人らに囲まれながら龍屋敷に連れていかれた日のことを。

　一室に入り、濡《ぬ》れた木片を目の前に並べられた。そこにはそれぞれの名前が書いてあった。

『さて、風祝・清月、遠部・黒曜についてご説明申し上げる』

　口調は丁寧だったが、金賛の眼は冷たかった。

「清月は風祝として、次の祭日まで十二年外に出られぬこと、風に当たらぬこと、また風祝の職務として、風が暴れればその責めを享《う》けることなどを聞くのです」

「責めとは」

「折檻です」

そっと袖《そで》を捲《まく》る。夥《おびただ》しい蚯蚓腫《みみずば》れの傷跡がそこにあった。子どもの頃のもので、いずれも古傷ではあるが。

南辺田が低く呟く。

「打擲神《ちょうちゃくしん》、ですか」

「ちょう……？」

聞き慣れない言葉に首を傾げた。

「力の強すぎる神については畏怖《いふ》し、崇めるだけでない場合があります。猛威が発現しないように、あまりに過酷すぎる場合は打擲し、懲《こ》らしめつつ祀《まつ》るというやり方がある。各地の厄神、疫病神《やくびょうがみ》などにみられる祭祀方法でもあります」

猛威を振るい過ぎれば数多《あまた》の命が危うい。このような目に遭いたくなければ、これ以上発現してくださるな――そういう願いを込めて、神の形代《かたしろ》や神を擬したものを打擲するのだそうだ。

「まさかそれが人の身で行われているとは……」

南辺田は眉《まゆ》を寄せている。

「黒曜殿はいわば分祀、分身でしょうか。耳目というより、彼もまた同じく――打擲神とは対照の、崇める対象としての神、ということになりますね」

おっしゃる通りです、とうなずく。

「呼ばれた日に、私たちは清月と黒曜、どちらかを選べとの選択を迫られました」

両方重要な職位であることは間違いなく、しかし提示された待遇にはあまりに隔たりがありすぎた。

片や不自由を託《かこ》ち、折檻を余儀なくされる清月。

片や自由を謳歌《おうか》し、すべての望みと傅きを一心に受ける黒曜。

「清月は私が選びました」

弟はまだ三歳、対して自分は五歳だった。多少なりと分別はあった。言葉の理解すら覚束《おぼつか》ないまだ三歳の弟を十二年閉じ込め、あまつさえ折檻もあるという日々に放り込むことなど決してできなかった。

「並々ならぬお覚悟とご決意でしたね」

南辺田が低い声でそう言った。清月は首を振った。

「いえ、たぶんあの頃の私には、言われた言葉を想像することが出来なかっただけだと思うのです」

それでも、と南辺田は眉を寄せている。

「それでも我が身を犠牲にしても弟御には辛い思いをさせまいとするお心が、僅《わず》か五歳にておありになったことは賞賛されるべきでしょう。まして、実際に打擲され、隔離される身ならばなおのこと……」

そう言われて不覚にも胸が震えた。

辛かっただろう、よく耐えたなどの賛辞はこのひと月で激増した。だが誰からも、幼かったあの日の決断を労《ねぎら》われたりはしなかった。

最初は純粋に弟にそれをさせまいとする一心だった。清月という役は辛かったが、この長い年月の間に同じ目に弟が遭わなくてよかったと本心から思っている。

だが——。

「南辺田殿は私を買いかぶっておられる」

清月はうなだれる。不安と苛《さいな》まれ続けた後悔とが一気に襲い掛かってくる。

「私は、取り返しのつかない失態を犯したかもしれないのです」

「それはどういうことでしょう」

南辺田は眉を顰《ひそ》める。

清月は、近くの冊子を引き寄せた。

「祭——風鎮祭について覚書があります。歴代の風祝と遠部についても名前が載っています」

　私たちの名も、と該当の場所を広げて見せた。南辺田は眼鏡を動かして眺めている。

「この覚書は、二年前に見つけました」

　書庫は部屋の真下にある。半地下のため、書物をたまに部屋で干したりもする。文字の読み書きは弐位《にい》のお役が教えてくれた。長い年月を屋内で過ごす歴代清月にとって、読み書きは無聊《ぶりょう》を慰める唯一《ゆいいつ》の娯楽であり手段であるため、早い段階で教育される。算盤《そろばん》についても厳しく指導をされた。お役方にはそれぞれ風祝の教師としての職掌があったようだった。

　改めて覚書に目を落とす。

「歴代の清月のその後の経緯は細かく記載されています。村を出た者のことも、途中で病死した者のことも、存命のご老体のことまで」

　氏名と住所、没年齢、病名に至るまで詳細に記載されている。

「しかし黒曜に関しては、氏名と住所しかないのです」

　廣章も頷いていた。

「……本当ですね」

「私たちは幼かったですし、先代黒曜のことは何一つ記憶にありません。なので黒曜には内緒で、結麻にこの住所にある歴代黒曜が生まれた家々を訪ねてもらったのです」

結麻もまた黒曜と同様、村の中を自由に歩きまわることが出来る。行き合った大人たちは、風祝の威光と崇め、表面上、決して邪慳《じゃけん》にすることはない。尋ねられたことにも素直に答えてくれたという。

「いずれもとうに亡くなっている方ばかりでした」

十二年前——直近の黒曜も含め、全員が故人だった。

「大人たちの対応は軒並み当たり障りなく、しかし必要最低限でしか答えてくれなかったそうです。いずれの家も、かなり緊張した様子がうかがえたとか」

これ以上、秘密裏に探索することはできなかった。

「大人にはもう聞いていません。ですが——子どもたちは別です。年端《としは》も行かぬ子どもたちには、気遣いや忖度《そんたく》などはありませんから」

黒曜は村に下り、たとえそこで傍若無人に振るまうことがあっても問題になることはない。叱責《しっせき》を受けることもほとんどない。

天衣無縫、天真爛漫《てんしんらんまん》に育てられた黒曜を、村の大人たちは腫れものを扱うように遇している。

しかし子どもたちは別だ。自分たちが叱られるようなことを目の前で黒曜がしても、誰からも叱られない。大人に文句を言っても、あれは黒曜だから良いのだと見逃されることに疑問を持つし、怒りもする。

なぜ黒曜ばかり――そんな鬱憤や憤懣《ふんまん》を溜めた子どもたちに、親は歌を教えるのだという。

『トリの子飛べや、イヌイネの子は気をつけや。オンベになるな、サナギ取りゃるな』

「……黒曜になってはいけないと言われているのだそうです。特に今三歳〜六歳になる子どもたちは、意味もわからず覚えている歌だそうです」

この里歌の存在を清月が知ったのは最近だ。黒曜は村に下りることが多いため、早くから耳にしていたものの、気に留めてもいなかったようだが。

「私たちの母はこの地の人間ではありません」

十八年前に行商人の兄妹としてこの地を訪れ、藤の墓所に迷い込んだという。商いの反物や裂《きれ》を気に入った伝主がひきとめたため、オトナイ殿で二日を過ごしたのだという。

「その時に、父に見初められて妹――母だけがこの村に残り、私が生まれたそうです。故に母はこの里歌を知らなかったと思います。母がここで暮らしたのは五年ほど。黒曜が三歳になる前に亡くなりました。父には母が病になった頃に既に懇《ねんご》ろになっていた人がいましたので、母の死後すぐに後妻が入りました。父のところでは新しく弟妹も生まれていると聞きます」

この土地の者ではない女を嫁にした父への風当たりは強かったし、母もまた気丈な女性であったため周囲とうまく溶け込めなかったのだろう。父かたの叔母や伯父ら、従兄弟《いとこ》らからも疎遠にされていた。朧《おぼろ》げに幼い頃を思い出す。

「ですから五歳になる私はもちろん、三歳だった黒曜も『オンベになるな』という歌も、言葉も、知らずに育ったのです」

未《ま》だ生きている者もおり、死者でさえ瞭然《りょうぜん》としている清月。対して名前と住所のみで全員死亡している黒曜。

片や十二年の苦役、片や十二年の厚遇。

「……それは」

兄弟で選ばれたこと、母がこの村の出ではなかったこと、後妻や一族に疎《うと》まれていたこと——すべてが、予断を与えられないように作用してしまった。

無邪気に傍で笑う弟の声を聞きながら、病の床で母は自分に彼を託した。

任された——大事な弟。

「先ほど南辺田様は私を労ってくださいました。……ですが五歳の私の判断はおそらく間違っていたのです」

うつむいた視界に、握り締めた拳が映る。

あの時、天道虫《てんとうむし》を追いかけた小さな手はふっくらとしていて、稚《おさな》かった。この手を傷つけてはなるまいと決断した。

——しかし。

「このままでは黒曜は殺されます。私はどうしても、黒曜を助けたいのです」

清月は唇をかみしめる。南辺田は息を吐く。

「ひどいお話ですね」

「ええ、私が、誤った選択をしたばかりに」

そうではありません、と南辺田は首を振った。

「あなたは間違ってはいない。ずっと身を挺《てい》して弟御を守ってこられた。仮に最初から待ち受ける運命を知っていたとしても、弟御に風祝というお役を任せることは出来なかったでしょう。……それは、この十二年という長きに渡って実際に経験をしてこられたあなた自身が一番よくお解《わか》りのはず」

言葉が見つからないまま、清月は唇を戦慄《わなな》かせた。

「私がひどいと言ったのは、年端も行かぬ子どもたちに自ら役を選ばせる、その規則《しきたり》です。水卜《みずうら》であれば神を恨めた。大人が役を決めたなら大人を憎めた。なのに子ども同士を互いに恨ませ、憎ませ、片や命を削《そ》ぎ、片や役を離れてなお傷を残させる。ひどいことだと言わざるを得ません」

南辺田は続ける。

「土地に根差した、長きに渡る文化や習俗を否定する気はありません。どれほど理不尽に、残酷に思えるものであろうと、それを受け継ぎ、繋《つな》いできた方々の営みについて、一介の旅人である私たちが何かを言う資格もない。……ですが、人が作るものに瑕瑾《かきん》のないものなどない。ましてや長い年月変わらぬものなら、どこかで歪《ゆが》みを生じていてもおかしくない」

眼鏡の奥の瞳《ひとみ》は逸《そ》らすことを許さない強い意志があった。

「誰かが苦しむのであれば、変えて良いのだと思います。自分たちのために、後世の子孫のために、より良く変化させることを無分別とも蛮勇とも呼びません。時代と共に受け継がれる文化を変容させていくこと、そしてそれを行うことこそを勇気と呼ぶのだと、私は思うのです」

染《し》みるように静かで、なのにとても強い言葉だ。

「黒曜殿を死なせてはなりません」

ただただ頷《うなず》く。声を出したら何かが決壊しそうだった。

「私からも、ひとつ聞いていただきたいお話があります」

そういえば最初に南辺田も『話がある』と言っていたことを思い出す。

不穏な気配に息を飲んだ。

「私はもう誰も死なせたくはないのです」

小さく呟《つぶや》いた南辺田の顔は、深い憂いに満ちている。

4

真汐は呆然《ぼうぜん》として村を歩いていた。とりわけ平蔵の語った祭の真実——黒曜の役割は衝撃だった。

遠部・黒曜は、祭の夜に殺される。

村人が傅き、黒曜のどんな我《わ》が儘《まま》を聞き入れるのも、祭主であり、最終的に死ぬとわかっているためなのだろう。

『水卜に神威があるというのは表向きだ。今の清月殿・黒曜殿は兄弟だが、母御は村の人間ではなく、しかも亡くなっている。彼らには後ろ盾がなく、実の父も既に後妻をもらい、前妻の子を疎んじていた。そういう子が、偶然まとめて祭主になど選ばれるものだろうかの』

平蔵は龍屋敷の不正を断じて見せた。

——村の人は、御供米や水卜のことで龍屋敷に改善などを申し立てないのですか。

『言うたところで証拠がない。それに次の水卜で己《おの》が子が選ばれ、黒曜をつかまされたらどうする。清月だったとしても十二年もの軟禁を喜ぶ親はおるまいよ』

——藤の墓所で死体を見、また周囲からいち早く人が集まってきていたが。

死体？　と平蔵は怪訝《けげん》そうだった。

『あそこには誰の骸《むくろ》もないはずだが。墓所は村内にあるからな。少なくとも村の者ではないだろう』

　村人もその死体については何も知らないだろうという。

　行倒れかもしれん、と平蔵は言っていたが、真汐はそうだとは思えなかった。

『藤の墓所とはいうが、あそこは人が入り込まないように墓所に見立ててるだけで、厳密には墓所ではない。しかし見張りとしての当番役はある。祭の前後一週間のみ金賛やお役方の縁者が務めるが、それ以外は村の衆で回しておる。あの場所は「鉄鐸の殿様」が安堵された地で、余所者《よそもの》が入り込まないように管理しておる土地だからな。殺傷などは、もっともあってはならん斎場だよ』

　村の衆は積極的に藤の墓所の当番を買って出たりするらしい。そういうところの子どもから祭主の選定はほぼないと言うから、やはり水卜の不正は罷《まか》り通っているのかもしれない。

『かつて御供米《ごくめー》が重すぎると談判を起こそうとした者たちは、神の暴威に当たって殺戮された。いまもその子孫たちを中心に、祭主が選ばれている。……若い頃、その話を聞いて義憤にかられ、龍屋敷に談判を行った儂に嫁いでくれる者はなく、親戚《しんせき》は儂とは距離を置いておるよ。それでもこの間に血縁から三人も祭主を出したからな』

表向き、祭主を出すとは栄誉であり、龍屋敷からの恩恵も篤《あつ》くなるとはいうが。

『それで我が子を奪われた苦しみが和らぐものではないからの』

風祝であっても幼い我が子と十二年もの間、対面できないのは想像以上の苦しみだろう。黒曜であれば、毎日顔を見ることも出来るが、その果てには苦しみしかない。

だから儂は疎まれておるんだよ、と平蔵は自嘲《じちょう》するように笑っていた。肩身が狭いとはそういうことか。

真汐は考え込む。

「十二年に一度、どこからともなくやってくる……」

鉄環《かなわ》のお役は薩摩からの依頼である。だとすれば、結麻もまた、薩摩が送り付けていると考えるのが妥当だろう。

「だが、なんのために？」

真汐は一人ごちる。なぜ薩摩の殿様が、この辺鄙《へんぴ》な村を安堵し、なぜ定期的に鉄環を嵌《は》めた子どもを送りつけなければならないのか。

しかも自ら出張るでもなく、南辺田家に鉄環の受け取りを任せてまで。

ふと真汐は足を止めた。

――十二年に一度。

鉄環のお役は、寅の年に諏訪に来て、鉄環を持って帰る。祭主の水卜は祭の後の満月の夜。その前後に、首に鉄環を嵌めた子どもが来る。

「そうか、鉄環は少なくとも二本あるのか」

つなぎ目のない鉄の環である。生まれたての赤子の頭をやっと通るかどうかだ。鉄環が届いてから装着させることは不可能だろう。

ではもう、まさに今この時、既に鉄環を嵌めた、次代の「結麻」がここを目指して旅をし始めているというのか——。

ぞっとして真汐は首を摩《さす》った。

連綿と続いている「鉄環」の謎《なぞ》、消える大量の御供米、殺される予定の黒曜と結麻。

一体何のために——？

ふと視線を感じて顔を上げる。

ぎょっとして思わず後退した。

まるで昨日をなぞるかのように、その人はこちらを目掛けて近づいてきた。

五章　詮議《せんぎ》

1

速足で近づいてくるのはまぎれもなく黒曜だった。改めて、芝居役者もかくやたる美男子ぶりだと思う。にこやかに微笑《ほほえ》んでいた。

「これは、オトナイサマではないか」

真汐《ましお》は軽く頭を下げた。

「こんなところで何をしているんだ？　今日はあの先生はいないのか」

真汐は首を振る。

「主《あるじ》の遣いをしていただけですので。ではこれで」

待て待て、と黒曜が呼び止める。

「そんなに急いでオトナイ殿に帰ることもないじゃないか。またどこかで茶でも飲もう」

冗談じゃない、と真汐は首を振った。昨日の二の舞は御免被《こうむ》りたい。

「お茶なんて飲んでる時間はありません」

「おまえ、俺が誰だかわかっているのか」

思わずむっとする。

「わかっていますよ。遠部《おんべ》・黒曜殿」

先ほど聞いたあれこれが頭をよぎるが、あえて頭を振った。

「でも僕は、この村の住人じゃありませんから。あなたに従う義務はありませんよね」

へえ、と黒曜は綺麗《きれい》な顔を歪《ゆが》めた。

「面白いなお前。あの先生の従者にしては……躾《しつけ》がなっていない」

真汐は黙る。恥じ入ったわけでも呆《あき》れたわけでもない。

――腹を立てている。

山内家も南辺田《みなべだ》家も決して子どもを甘やかすだけの家ではない。礼儀作法言葉遣い等、それこそ年端《としは》も行かぬ頃から叩《たた》きこまれてきた。

だがここで怒ってはその躾を台無しにする。

真汐は黒曜を置いて敢然と歩き出した。

「おい、山内真汐！　待てよ！　待てと言っているだろうが！」

それは異様な光景だったかもしれない。黒曜の制止を振り切り、真汐は無視して歩みを進めている。

周囲で子どもたちが口を開けて呆然《ぼうぜん》とそれを見ていた。

黒曜はついに歩みを止めたようだった。諦《あきら》めたのだろうか。真汐は背を耳にして様子をうかがう。彼は集まっていた子どもに近づいたようだった。

気になって振り返る。すぐに後悔した。

彼が子どもから蒸かし芋を奪い取っているところを見てしまった。

「なあ、山内真汐！　お前芋は嫌いか」

片手で芋を上へと、まるでお手玉のように放り投げながら黒曜が言う。その後ろでは芋を取られた子どもが泣いている。

真汐は一瞬躊躇《ちゅうちょ》したものの、こらえきれずに踵《きびす》を返した。

「お！　山内真汐は芋が好きなのか？　ほーらやるぞ」

黒曜は、手にした芋を真汐に向けて投げつけた。

もちろん黒曜の膂力《りょりょく》で真汐に当たるものではない。芋は地面に落ちて無残に潰《つぶ》れた。

黒曜は微笑んでいる。美しい笑みのままで。

芋を取られた子どもが黒曜にとりついた。泣きながら黒曜の足を叩いていた。少し大きい男の子がその子を後ろから引きはがそうとしている。黒曜殿に手出しができないことを知っているからだろう。

「うるさいぞ」

黒曜は片手で小さな男の子の首根っこを吊《つ》り上げると、側の川に放り投げた。激しく水柱が上がった。

「な……んて事を！」

真汐は駆け出すと、勢いよく川に飛び込んだ。落ちた子どもを捕まえて慌《あわ》てて抱き起こす。

今しがたの出来事を、子どもは把握できていないかのようだった。必死に息をしながら驚いた顔をして、それから火が付いたように泣き出した。身体《からだ》をざっと調べ、目立った外傷はないことを確認した。折れている箇所もなさそうだ。川の水位にそれなりの深さがあったのが幸いしたらしい。流れが緩やかな場所だったことも良かったのだろう。

「坊！」

慌てて駆け寄ってきた年長の子どもに、濡《ぬ》れそぼったその子を託して、真汐は川から重い袴《はかま》を引き上げた。

「やっと来たか、山内真汐」

美しい微笑みで黒曜が手を広げる。

無言で近づく——そのまま拳《こぶし》で、黒曜を殴っていた。

※　※　※

まだ十五の細い身体、黒曜はいとも軽く吹っ飛んだ。

遠巻きにしていた子どもたちから悲鳴があがる。

「な、なにをする、山内真汐」

左頬を押さえながら、黒曜が立ち上がる。唇の端が切れて血が流れていた。

「お、俺に手をあげるなど……」

「恥を知りなさい！」

真汐の一喝に、黒曜はもちろん、どよめいた子どもたちまで一気に静かになった。

「あの子は打ちどころが悪ければ大怪我《おおけが》をしていた」

大怪我どころではない。川底に大きな石があったらどうなった。川ではなく、その手前に落ちてたらどうなっていた。

「あなたは今は、どんな我《わ》が儘《まま》を言っても許されるのかもしれないが、取り返しのつかないこともあるんです」

なぜだろう……なぜ、こんな時に。

——真汐兄《マースニーニー》さん。

あの子の顔が思い浮かぶのか。

真汐は目元を拭《ぬぐ》う。

「それに年長者は年少者を庇《かば》い、助けるものです。威張り、あまつさえ大事な食料を取ったあげく、粗末に捨てるなんて」

呆気《あっけ》に取られていた黒曜は、ここでようやく我に返ったらしい。

「だ、大事な食料って大袈裟《おおげさ》だろ！　たかが芋くらいで何を」

真汐は無言で、今度は黒曜の逆の頬を張った。

さすがに黒曜は眉《まゆ》を吊り上げた。

「お、お前！　何度もこの……この黒曜に手をあげるとは！　無礼だろう山内真汐！」

「まず子どもたちに謝りなさい！」

びくり、と黒曜が肩を震わせる。

「あなたは兄上と違い、何度も村を歩いているのでしょう。村を見てきたのでしょう？……一体何を見てきたのですか」

わずかな滞在の間だけでもわかる。ここは決して裕福な村ではない。裕福なのはオトナイ殿と龍《りゅう》屋敷だけ、村人は辛《つら》い生活を強いられている。

御供米を取られるだけじゃない。藤の墓所の見張り、龍屋敷への忖度《そんたく》、我が儘な黒曜への忍耐——十二年に一度の祭のために、自分の子どもたちが、孫が、祭主とならないように、息をひそめて、腹立ちを堪《こら》え、我慢をしながら生活している。

苛政《かせい》や重税の取り立てで喘《あえ》いでいるわけではないのに、なぜこれほど息苦しいのか。

選出される二人の祭主も、村人にとっては長期の人質だ。

そしてどこかから送られてくる結麻もまた——。

「おまえに、おまえなんかに何がわかる！」

黒曜は真汐を睨《にら》みつけた。

「たかだか昨日きたばかりのオトナイサマ風情《ふぜい》に、この村の何がわかる。俺の十二年の苦しみの何がわかる！」

黒曜は大声で叫ぶ。

ああ、と真汐は眉を寄せる。

知っていたのか——本人も。

身の内から怒りが引いた。同時に、彼の境遇に思いを馳《は》せる。

「そうですね、僕はあなたではない。だからあなたの苦しみはわかりません」

黒曜は真汐を睨んだままだ。

「でもあなただって僕の苦しみがわかるはずもない。誰もがわからなくて当然です。だって、あなたの痛みがわかるのはあなたしかおらず、僕の痛みがわかるのも僕しかいませんから」

　わかってほしい、わかった上で優しくしてほしいと駄々を捏《こ》ねるのは、子どものすることだ。

「あなたの事情は多少聞きました。僕も可惜《あたら》命が贄《にえ》にされるのを、決していい気味だとは思いません。死んでなんか欲しくない。あなたがどれほど子どもで、どれほど嫌な相手であったとしても。我が儘放題で、誰かに迷惑を掛け続ける存在であったとしても」

――こういうのも、もうしばらくの辛抱ですから。

　やゑの昏《くら》い顔が浮かぶ。そう言わせてきた咎《とが》は、黒曜ひとりにあるのか。いやそうではないはずだ。

　黒曜は傷ついた顔をする。真汐は構わずに続けた。

「力ずくや無理強い、物などで人をつなぎ留めようとするのは、最も下劣な行為です」

　黒曜は顔を背けている。真汐は彼に近づいた。既に腫《は》れはじめている頬にそっと手を伸ばした。黒曜はされるがままで反応しない。

「僕が殴ったのも下劣なことです。ごめんなさい。痛かったですね」

　黒曜の目にはいっぱいに涙が溜《た》まっていた。

――この人はまだ子どもだ。

　背丈《なり》ばかり大きくなっただけの、小さな子どもなのだ。三歳から龍屋敷に入り、殿様のように傅《かしず》かれて育てられてきたせいだろう。おそらく誰からも強く叱《しか》られることもないまま。

子どもはまだ泣いている。さぞ怖かっただろう。

「人に危害を加えてはなりません。それに小さな子どもはあなたより心が若いから更に傷ついてしまう。あなたが小さい頃に同じことをされたとしたら、どう思いますか」

黒曜の目からも大粒の涙がこぼれている。真汐はため息をついた。本当に子どもに諭すようだ。黒曜の背を押して、子どもたちのところへ連れて行った。

「黒曜殿」

黒曜は黙っている。真汐は黒曜の肩を軽く押してしゃがませた。

「謝る時は、目線を合わせましょう」

囁《ささや》いて、黒曜の顔を覗《のぞ》き込む。黒曜は坊を見た。怖気《おじけ》たような子どもの顔が目の前にある。

「……悪かった」

消え入りそうな声だった。

「芋も」

い、いいよ、と抱かれていた子どもが、涙を拭《ふ》いた。

「黒曜殿だもん。いいよ」

「いい、のか」

子どもは頷《うなず》いてくれる。兄は坊の頭を撫《な》でて、彼を負ぶって行ってしまった。彼はいいよ、とは言わなかったけれど、黒曜を睨んだりはしなかった。

真汐は黒曜を立ち上がらせた。子どもたちの背中を目で追った。

「あの子は、お腹《なか》を空《す》かせたままなのでしょうね」

黒曜は真汐を見たようだった。その顔はまるで小さな子どものように不安を湛《たた》えている。

叱るというのは大きな労力を要する。八つ当たりでなく、虐待でなく、怒るのでもなく。

上手《うま》く叱る人たちを、真汐は多く見てきたし、実際に叱られてもきた。

――今になって、それがどれほどの優しさだったかがわかる。

真汐はもう一度深々と頭を下げる。

「あなたを力でなく言葉で止められなかったことは、僕の落ち度でした」

感情に駆られていなかったとは言えない。叱るというのは難しい。

「……お前は、悪くない」

黒曜は絞り出すようにそう言った。真汐は苦笑した。

「頬を冷やしましょう」

※　※　※

手巾《ハンカチ》を濡らして硬く絞り、黒曜の頬に当てる。見事なほどに腫れていた。

「痛いな」

黒曜が顔をしかめた。

「ごめんなさい」

自分のしたことが途《と》轍《てつ》もなく酷《ひど》いことに思えてくる。

黒曜は顔を歪めながら笑った。

「殴られたことなんて、初めてだ」

「……これまでに喧嘩《けんか》や言い争いというのもなかったのですか」

ふと訊《き》いてみた。黒曜は首を傾《かし》げた。

「結麻とは、少し前までは言い合いくらいはしていたけどな。手をあげられたことこそないが」

いまいち結麻の立場が分かっていない。顔に出ていたのだろう、黒曜は頷いた。

「結麻は家族だ。一緒に育ってきた」

結麻は立場上、風祝《ふうしゅく》・清月《きよつき》の付き人だ。だがこの村に来てからは、ずっと清月と黒曜の傍で世話をしつつ暮らしてきたのだという。

「おいくつですか」

「結麻か？　清月の一つ上だから、今年十八になる。俺の三つ上だ」

六歳でここに来たということは——結麻は酉《とり》年の生まれか。真汐と同じ歳《とし》だ。

「どちらから来られたか、ご出身などは聞かれていますか」

さすがに黒曜は眉を寄せた。

「お前は結麻のことばかりだな。なぜだ」

いえその、と真汐は慌てる。迂《う》闊《かつ》な物言いは出来ない。

「……結麻さんの、その、首の鉄環《かなわ》が気になって」

見たのか、と黒曜は頷いた。

「あれは結麻の象徴《しるし》だ。鉄鐸《さなぎ》の殿様が遣わした証《あかし》、決して間違いようのない印をつけた者という意味だ」

「鉄鐸の殿様は……どちらの方なのでしょう」

「南の方だと結麻は言っていたが」

やはり——真汐は眉を寄せる。

「黒曜殿」

温くなった手巾を洗い直して渡しながら、真汐は慎重に言葉を選んだ。

「さきほど俺の苦しみ、と仰《おっしゃ》っていましたが」

ああ、と彼は目を落とした。

「『黒曜』は殺されるからな」

真汐は息を飲む。本人の口から聞かされるのは重みが違う。

だが聞かねばならない。意を決して口を開いた。

「黒曜殿が『殺される』ことを御存じでいらしたのに、昨日、主に『風祝に戻せ』と仰ったのはなぜですか」

黒曜は黙った。

「あなたの兄上への思いには胸を打たれました。兄のため、神の前で偽りのお役として立たせたくはないという理由も、それが本当ならばわからなくもないと思っていましたが」

その真偽については、おそらく廣章《こうしょう》が確認してくれるだろうが。

「ですが今日、少し村の方とお話しして、歴代黒曜殿のお役を理解しました。最後の最後で戻すということ、すなわちそれは」

「ああそうだよ」

黒曜は真汐を見る。

「本当は俺が風祝になるはずだった。それを止めたのは兄だ。兄は黒曜が殺されるということを知っていた。兄に騙《だま》された……嵌《は》められたんだ！　だから最後の最後に本来のお役に戻せと言って何が悪い！」

真汐はやはり、と口を噤《つぐ》む。

黒曜に感じていた違和感。兄のためと言う言葉に実はなかった。裏切られたという怒りが吐かせた偽りだったのか。

「水卜《みずうら》の時、兄は五歳だった。片や俺は三歳。『オンベになるな』という歌を兄がどこかで聞いたことがあったとしても不思議ではないだろう」

五歳と三歳の兄弟で、果たしてどこまで理解出来ていたのかは、真汐とてわからない。

水卜で選ばれた子どもたちには、事前に風祝と遠部の職責を告げられるのが慣例だったというが。

「仮にどこかで耳にしていたとしても、それでも幼いあなたに、折檻《せっかん》される毎日を押し付けることは……やはりお出来にならなかったのではないですか」

「折檻なんて、どうせ大したことじゃないだろう。結麻がしていたというし」

「本当にそう思いますか？　今こうして僕に殴られても？」

黒曜ははっとした顔をした。まさに今、それを身を持って体験しているからこそ。

「鞭《むち》で打たれ、叩かれ、虐待されると聞きました。さらには十二年もの長きに渡って、外出も出来ない辛さもおありになった。五歳からずっと。その痛みを想像できましたか？」

「でも小さい頃からそんなに酷そうに見えたことは一度もなかったぞ。いつも兄様は笑っていたし、楽しそうだった」

――いつも笑っていた。

真汐は唇を噛《か》む。まだ見ぬ風祝・清月を思う。

それは――出した声音は、知らず低いものになった。

「酷そうに見せたくなかっただけではありませんか。……あなたに辛い思いをさせないために」

黒曜は動きを止める。

「本来なら五歳の子どもが、折檻もあり、外出も出来ないなんてお役を望むものではないでしょう。それで最初からあなたは黒曜殿の末路を御存じだったのだと思われたのでしょうけれど」

実際に清月に会ったわけではない。それでも考えずにはいられない――いつも笑っていたという兄の姿を。

その気持ちを――。

「あなたの言うように兄上があなたを謀《たばか》り、風祝であることを選んだのなら、痛みを隠したりするでしょうか。子どもの頃なら泣いて喚《わめ》いて、それで熱を出したりもするでしょう。辛い苦しいと、心情をもっと吐露なさるのではないでしょうか。僕だったら、そうやってあなたに罪悪感を植え付けるかもしれません」

しかし風祝・清月は、その辛さを弟に告げていない。見せようともしていない。

黒曜が手巾を押さえたまま呆然と口を開けている。

「僕は清月様を存じませんが、兄上は、おそらくご自分のことより、あなたのことを大切に思われている方なのではないかと思います。もし『オンベになるな』という言葉を知っていたとしたら、兄上はきっとあなたを庇うために真っ先に鉄鐸をお取りになったのではないかと思いますよ」

そんな、と声なき声が聞こえた気がする。黒曜はうつむく。

ある程度の年齢になってのことなら、辛さを隠すのはまだわかる。だが小さい頃からだったとなると、その胆力に驚嘆せずにいられない。

なにもかも――弟のことを思えばこそではないのか。

「慈《いつく》しまれて、大切にされていらっしゃったのでしょう、あなたは」

大切にされすぎて、自分のことしか考えられないほどに。皆が自分と同じ環境、同じ育ち方をしていると疑わないほどに。

当世で、殴られる痛みすら知らぬ育ち方とは、よほどのお大尽の子でもあるかどうかだ。

「俺は……」

黒曜は眉を寄せている。

「兄様は、本当に知らなかったのだろうか」

「僕に推察できるのは……あなたの兄上はお優しい方だろうということだけです。そしてそれほどの方が、黒曜殿の末路を知ったら、どれほどにお苦しみになるかと」

清月は廣章に会いたがっていたという。それは単に帝大の講師に話を聞きたいという好奇心のみならず、もしかしたら黒曜についての打開策、弟を救う手立ての相談ではないのか。

平蔵は義憤と言っていた。自分にも似たような感情がこみ上げてくる。

年端も行かぬ兄弟に、自ら風祝か遠部かを決めさせるとはなんと惨《むご》い仕打ちだろう。

ただ傅いて、腫れ物に触るように扱い、叱るということや相手を思いやるといった躾を怠ってきた者たちへの憤《いきどお》りも感じずにはいられない。

――それもこれも、最終的に死ぬ運命だからか。

「じゃあ俺は……」

再び泣きそうになっているその目は、それでもこれまでより澄んでいるように見える。

「僕もあなたを死なせたくはないのです。手立てを考えましょう。兄上も、きっと我が主も、力を貸してくれます。まだ祭が始まったわけじゃありません」

「――どんなに子どもで、どんなに嫌な相手であったとしても、か？」

上目遣いの黒曜の言葉に、真汐は苦笑して立ち上がる。手を差し伸べた。

「もう、そんな風には思ってませんよ、黒曜殿」

※　※　※

「真汐は孤児だったのか」

龍屋敷までの帰り道、黒曜に乞《こ》われて少しだけ、真汐は自分の話を聞かせた。

「ですが、師匠……養父はいましたし、南辺田家にも置いていただけていますので」

そうか、と彼は苦笑する。

「俺も父はいるが、いないも同然だからな」

清月と黒曜の父は、彼らの生母が亡くなった後、すぐに後添いが入り、次々に弟妹を生んでいるという。

「俺は村に下りても、生家にだけは戻らない。……子どもの頃に戻って、手ひどく拒絶されたことがあるからな」

『祭主になられた以上は、そのお役を全うしてください。ここはもうあなたの家ではありません。お戻りになりませんように』

三歳の子どもに掛ける言葉ではないだろう。生家は決して頼れる場所ではなかったようだ。親類ともども、腫れ物に触るかのように遠巻きにしていたという。

「だから、俺の家族は兄と結麻だけだったんだ」

黒曜の心の傷を痛かったろう、辛かったろうと、背中を摩《さす》って抱きしめてくれるのは清月で、私たちがいますと泣き止《や》むまで傍にいてくれたのは結麻だったという。

そういう経緯もあって、子どもの頃には、よく兄の許《もと》に昔話をねだりに行ったものだと黒曜は話してくれた。

「兄はたくさんの話を知っていてな。そもそも俺に読み書きを教えてくれたのも兄だったし」

聞けば風祝・清月には読み書きや算盤《そろばん》を教えるお役がいるそうだが、黒曜や結麻にはそれはないという。

なるほど、と思わず眉間《みけん》に皺《しわ》が寄る。

――死ぬ予定の者に、教育は必要ないということか。

昨日の会談における黒曜の物言いや受け答えは、高等教育を受けた者であろうという印象が主とも合致した。躾はともかく、教育程度《レベル》で言うなら、真汐よりも上かもしれない。

「兄は学問が好きで、教えるということに関しては並並みならぬ熱意があってな。普段は優しいのだが、こと教授となると中々厳しかったぞ。俺が泣いても許してくれなかったし」

真汐は笑う。

「僕の師匠も修養せよが口癖でした。剣術家なのに、それだけでは足りぬと。この先の時代に必要なものは、その場で何が必要か何が足りないかを察することのできる見識であり学識であると。どことなく清月殿とも似ているようです」

そして気づく。

「であるなら、やはり兄上は、歴代黒曜殿の末路を御存じではなかったのでしょうね」

各種教育――それは祭の後の、黒曜や結麻の将来を考えていたに違いない。

それとこれとは、と言いかけて、黒曜もその意図に気づいたのだろう、口を噤んだ。

「そう、かもしれないな」

しばらく無言で歩く。龍屋敷とオトナイ殿が見えてきた。

「……真汐は結麻を気にしていたな」

不意に黒曜がそう言い、真汐は少し慌てた。

「気にしているというわけでは」

「実は俺も気になっていることがある」

黒曜は真剣な顔だった。

「祭の後、結麻は故郷に帰り、新しい結麻が来ると聞いている。結麻は、故郷に戻されるのが決まりだと」

だが、と黒曜は続ける。

「ある意味故郷と呼べる場所、とはどういう意味だと思う？」

誰がそれを、と聞きたい思いを踏みとどまらせた。

結麻の件を知っていなければ、真汐も単に首を捻《ひね》っただけかもしれない。

——結麻の行く末を知る者は限られる。

下手に聞けば、黒曜を通じて相手に伝わってしまう可能性もある。

「不穏ですね」

そういうのが精いっぱいだった。黒曜も頷く。

「俺も気になっている。結麻は家族だ。もし故郷でもないところに帰されるくらいなら、この村に居た方がいい」

兄と違って、結麻に確執はないのだろう。それに彼女の行く末についても、詳細は知らない様子だ。

「何かわかったら教えてくださいませんか。あとくれぐれも僕たちのことはご内密に」

「わかっている」

黒曜は頷いてくれた。

「お前たちのことは誰にも言わん。……しかし真汐、お前は変なやつだな」

びっくりして、真汐は目を瞬《しばたた》く。

「俺のことも結麻のことも必死だ。たかだかオトナイサマのくせに」

黒曜は呆れたようだったが、どこか嬉《うれ》しそうでもあった。

「お、お節介なだけですよ」

そうかもしれん、と黒曜は目を細める。

「本当に変だ。でも、お前がいいやつだっていうのはわかる」

黒曜は少し照れたように言って、踵を返しかけ、もう一度真汐を振り返った。

「真汐、お前の主に伝えてほしいことがある」

「なんです？」

「あの依頼は取り消したい。取り下げる、とな」

「依頼……」

呟《つぶや》いてからはっと気づく。

『風祝《ふうしゅく》・清月《きよつき》に戻していただきたい』という、例の依頼だ。

「黒曜殿」

「頼んだ」

一瞬、真顔になってから、今度こそ黒曜は龍屋敷の方向へと駆けだした。

溌剌《はつらつ》とした少年の身体が、夕陽の中に滲《にじ》むように溶けていく。

　真汐は眩《まぶ》しげにそれを見つめていた。

　――人は変わることができる。

　だが時間はあまりない。

　なんとしてでも、二人を助けなければならない。

2

　黒曜と別れてから、戻ったオトナイ殿には、入る前から不穏な気配が満ちていた。

　戸口に立った瞬間に、複数の人間がその向こうにいることを感じる。それも敵意を持ったものだ。日没前であることから、おそらく主はもう戻っているだろう。目前の敵意を一時避けたところで、結局はここに戻らぬわけにもいかないのだ。

　躊躇は一瞬、意を決して戸を開けた。

　上り口の近くにひとり、それが身を翻《ひるがえ》して部屋に入り、すぐさま五人ほどの男たちが現れる。

「そなた、山内真汐だな」

　男たちに見覚えはない。

「どちらさまで、何用でしょう？」

一応、落ち着いて聞いたのは、男たちの内のひとりが羽織を着用していたからだった。羽織の男が前に進み出る。威厳のある風体だった。

その物腰から、武術を極めている者だということは明白だった。

「私は猪首《ししく》御頭《おんとう》、壱位を務めるもの。先程村から連絡があがってきた。——オトナイサマが黒曜殿を殴っていたとな」

しばらく川で頬を冷やしていた。その間に、報告があったのだろう。

「思い当たる節があるようだな」

「あの、主と話をさせてください」

「拘束しろ」

真汐の声が聞こえていないかのようだ。壱位の指示で男たちが群がる。振りほどくことは簡単だったが。

「壱位殿、こいつはどちらに」

「龍屋敷に連行しておけ。追って詮議に入る」

その言葉に抵抗を止めた。

——龍屋敷。

立ち入りを禁じられていた屋敷だ。探る好機になりはしないか。

そう考えた時、不意に後ろで声がした。

「なんの騒ぎでしょう。私の書生に何か？」

廣章だ。だが壱位が主の前に立ちはだかった。

「お部屋にお戻りください。あなたには関係ありません」

「関係はあります。説明をしてください」

「あなたに話すことは何もない。おい、連れていけ」

主の眼前で、真汐は腰縄を打たれた。

「廣章さま」

平気ですから、と口を動かしたが伝わっているだろうか。

直後、引っ立てられるようにして歩かされた。振り返ることも許されなかったので、主がどんな表情をしていたかはわからないままだった。

※　※　※

刻み莨《たばこ》の香りは独特だ。胸いっぱいに煙を吸う。何物にも代えがたい清涼感が肺の腑《ふ》を満たす。長く煙を吐き出して、雁首《がんくび》を強く煙草盆《たばこぼん》に打ち付けた。

「……よくも私の黒曜を！」

思えば此度《こたび》迎え入れたオトナイサマはどちらも難物である。片や口八丁で摑《つか》みどころなく、片や大人しい従者然としておりながら、白昼堂々、黒曜に手を挙げたという。

「許さんぞ、山内真汐」

もちろん、主たる南辺田廣章も同罪だ。今は誰かに会えば、当たり散らすであろう己を自覚している。故《ゆえ》に人目を避けてこの部屋に籠《こも》っている。

ここは龍屋敷にある隠し部屋だった。黒曜との逢瀬《おうせ》もこの部屋を使っている。知っているのは金賛《かなさな》と壱位のお役だけだ。参位あたりは知りもしないだろう。

十年ほど前までは、ここで金賛と過ごしていた。金賛の嫁が悋気《りんき》持ちでさえなければ、妾《めかけ》のひとりとしても認められただろうが、それさえ叶《かな》わなかった。子を孕《はら》むこともないまま、やがて彼は自分に飽きた。あるいは年齢による精力の減退だったのかもしれない。間隔は間遠になり、鏡で見る己の容姿の衰えに女としての自信を喪失していた。

二年前のあの日――十三歳を迎えた黒曜が、笑顔を見せるまでは。

『黒曜殿は概して見目良く育つもの――けれど頭の足りぬもの』

この村独自の俚諺《りげん》である。我が儘に、奔放に、何不自由なく育てられた歴代黒曜は、その職制とも相まって概して見目良く育つ。ただし、基礎的な教育を施されないため、知恵が足りないことが多い。また我が儘で、癇癪《かんしゃく》を収める術《すべ》も知らない。

だが此度の黒曜は違う。聞けば風祝である兄から密《ひそ》かに読み書きを習い、独学で学んだ清月の薫陶《くんとう》を受けていたという。言葉遣いも下卑ず、兄を慕う優しい子だった。

帯に挟んでいた根付が落ちたのを、廊下でたまたま拾ったのが黒曜だ。久しぶりに無邪気な笑顔を向けられて、その愛らしさに驚いた。

その瞬間、衝動が我が身の中を駆け巡ったのだ。

――彼を滅茶苦茶《めちゃくちゃ》にしてやりたい、と。

肉欲を教え、罠を教え、兄の裏切りを教えた。傷心の黒曜に取り入るのは簡単だった。

彼は次第に兄を遠ざけ、人を踏みつけて平気な者へと変わっていった。それが許される立場だと、もっと傲慢《ごうまん》になれと、そう植え付けたのは自分だ。

望む通りに変わってくれた。

次第に我が儘に、傲慢になっていく彼を周囲の者は持て余しはじめ、次々に親しい者が消えていった。今や育ての姉であるあの結麻さえ彼を疎《うと》んじているようにさえ見える。

黒曜は孤立していた。

その分、褥《しとね》の中で自分だけに甘えてくれた。

しなやかな四肢、旺盛《おうせい》な精力と、己をのみ慕う若い男――可愛《かわい》くないはずがない。

黒曜は部屋に戻っているだろう。山内真汐を拘束し、詮議するということなど、彼の耳には入れずとも良い。全部が終わった後で仇《かたき》を取ったと頭を撫でてやれば、彼は涙を流して自分に感謝してくれるだろう。

「この際、苦しめて殺してやろう……山内真汐」

煙管をもった手を握りしめる。羅宇《らう》がミシリと音を立てた。

我がものに傷をつけた罪は必ず償ってもらう。

3

真汐の両手には縛めが鎖されたままだ。連行されている間も弁明や釈明は一切させてもらえなかった。

龍屋敷には座敷牢《ざしきろう》があった。かなり立派な牢で、格子《こうし》も真汐の手首ほどの厚さがある。さすがに簡単には破れそうになかった。

今は牢に放り込まれて半刻《はんとき》くらいだろうか。

主は大丈夫だろうか。ふと不安になった。自分自身のことだけであれば何とでもなるという自負がある。だが真汐が連行された後、彼らは主に無礼を働いてはいないだろうか。主に難が降りかかってはいまいか。

屋敷が広いことは外からも解っていた。だがこれほどまでに音がないとは——誰かが近寄る気配も、風の音も、虫の羽音さえなかった。

藤の墓所で見た、あの死体が脳裏をよぎる。平蔵は行倒れ等ではないかと言っていたが、よしんば無縁仏だとしても、そのような椿事《ちんじ》が村の人々の口の端《は》にも上らないことなど、あるものだろうか。

――この祭は変だ。

金賛という村の代表と周囲の一部の人々が、祭を実効支配しているが、村を覆《おお》っているのは、信仰心ではなく、恐怖だ。誰もが憤懣《ふんまん》を抱えているのに手立てがなく、唯々《いい》諾々《だくだく》と従い、後代に繋《つな》いでいる。

じわり、と嫌な汗が流れる。

昨日、黒曜は取引を仄《ほの》めかしていた。金賛にとっても利用価値がある主ならば、その身に危険は及ぶまいが――。

詮議とは何をする場か。次第に不安が強くなってくる。

真汐は顔をあげた。廊下で人の気配がしなかったか。

薄暗い廊下を明るい光が近づいてきた。明らかにここを目指している様子だ。

「あの」

「――声を出さないでください」

現れたのは手燭《てしょく》を手にした民江だった。弱弱しく、優しかった笑みはない。にこりともしない顔は白く、冷ややかに真汐を見据えている。

「あなたが暴れた場合、南辺田殿の安全は保証しません。よろしいですか」

その一言で力ずくでどうにか切り抜けるという案は消えた。神妙にうなずくと、民江は格子の戸を開けてくれた。

手鎖に縄を通され、そのまま腰縄を打たれる。まるで罪人だ。

「案内します」

前を歩かされる。

「あの、主は無事なんでしょうか」

肩越しに民江に訊《たず》ねる。民江は呆れたような声になる。

「自分のことより、まず主人を心配するとは」

皮肉めいた物言いに聞こえたが、真汐は自分の発言がおかしいとは露ほども思っていない。

「自分の状況がわかっていないのですか。あなたはよりにもよって黒曜殿に手をあげたのですよ。オトナイ格は剝奪《はくだつ》されます。そのために牢に入れられ手鎖に腰縄を打たれてこうして連行されているわけです――これから処刑されるかもしれないというのに」

やはり詮議《せんぎ》の場とは、裁きを決定する場か。真汐は皮肉気に言い返した。

「この国では、既に私刑は禁止されているはずですが」

「ここはお上の目も、諏訪社の目も届かない禁足地――何が起こっても表には一切出ませんし、出しません。祭の邪魔は排除するのが道理です」

民江の物言いはあくまでも冷静で、淡々としていた。強がって受け答えをしているが、真汐は冷や汗が噴きだしてくるのを感じていた。

――このまま殺されるのだろうか。

どうやってこの窮地を突破したものか思案がまとまらぬまま、ひときわ明るい部屋に入れと指示される。電気は通っていないはずだが、かなりの光源に、思わず目を瞬かせた。

「来たか、そいつが賊か！」

甲高い声がした。声の主は中年男性である。低い背にかなり肥えた体、太い首が特徴だ。大きな顔の真ん中に集めたように目鼻がある。小さな眼が吊り上がっていた。

太い指がまっすぐに真汐を指さす。

「貴様、黒曜殿を殴るなど……神聖なる祭をなんと心得る！」

「参位御頭、お静かに」

民江は男の剣幕にも毛ほども動揺していない。

「金賛のお声が聴きとれませぬゆえ」

座るよう指示されてその場に正座する。腰縄を持ったまま民江も腰を下ろした。

参位御頭と呼ばれた男も、小さく不平を呟きながら席に戻った。見れば、その場には男性が七人ほど一列に並んでいる。男は真ん中程の席に戻った。さきほど真汐を捉《とら》えた壱位なるものも上座に座っている。

左端、最上座の男性以外は、すべて同じ羽織だった。錦糸《きんし》が混じっているのだろう、光る文様がおそらく紺の地に金の波線を描き出している。左端の男性は白地に金と緑の縫い取りのある羽織だった。

「そなた、名は何という」

白絹の羽織のその男性が口を開いた。

「山内、真汐です」

「南辺田伯爵家《はくしゃくけ》の縁故と聞いたが」

「書生として、寄寓《きぐう》をお許しいただいております」

なるほど、と男が頷いた。

「嘘《うそ》ではないようだな」

真汐は眉を寄せた。有体に言えば不愉快だった。とっさに口を開いていた。

「あの、あなた方は……」

「賊が口を利《き》くなど言語道断！」

先ほどの参位と呼ばれた男が嚙みついたが、よい、と白絹の羽織の男がそれを制した。

「聞くだけ聞いておいて名乗らんとは失礼だとでも言いたげな顔をしておるの」

おかしそうに言う。まさに思っていた通りの心情を言い当てられて、真汐ははいともいいえとも言えず沈黙する。

「私は金賛《かなさな》という。名ではない。役職だ。ここにいる六人は猪首御頭、壱位殿から陸位《ろくい》殿だ。金賛はこれら御頭の取りまとめである」

　金賛は居住まいをただした。

「しかし由緒《ゆいしょ》ある風鎮祭《ふうちんさい》において、オトナイ格の剥奪なぞという不祥事が起こるとは」

　穏やかだが、ひどく重く響く。

「そもそもそなた、なぜ黒曜殿を殴るなどという狼藉《ろうぜき》を働いた」

　真汐は渋々話し出した。子どもを川に投げ込むなどという狼藉に思わず手が出てしまった、と。

「たかがそんな理由で」

　たかが、というところで真汐のこめかみが動く。

「どんな理由があるにせよ、祭主を殴るなど言語道断でございます」

　壱位のお役が静かに告げる。

「理由の如何《いかん》は必要ではありません」

「そうだな」

　金賛は頷いた。

「そもそもそなたら何を嗅《か》ぎつけてここに来たのか」

「そうだ、白状しろ！　お前たちは何者か！」

真汐は眉を顰める。

——さも嗅ぎつける何かがあるかのような。

お役たちは真汐を睨みつけているが、金賛は顎髭《あごひげ》を触るばかりだ。

「この事案は正史に綴《つづ》られるべきではなかろうの……」

「では始末をいたしますか！」

参位が立膝《たてひざ》になる。お早まり召さるな、と側の上座の御頭が制した。

「まだ金賛のお話が終わっておりませぬ」

参位は渋々のように腰を下ろした。

金賛殿、と民江が控えめに発言する。

「伝主様からの奏上はいかがいたしますか」

金賛は片眉を吊《つ》り上げた。

「——身代わりの件か」

真汐は弾《はじ》かれたように顔を上げた。金賛の発した言葉に思考が止まる。

今なんと言った——？

「待ってください。身代わりとはどういうことですか」

「こいつめ、口を慎めと言っただろうが！」

参位の喚声など聞こえなかった。真汐は腰縄のままにじり寄る。

「主《あるじ》は無関係です！　止めてください。すべて僕の一存でしたことです！」

民江が腰縄に力を込める。真汐のにじり寄りはそこで止まったが、それでも体は前へとのめる。

「従者の責は主の責だ！」

参位が大声で言い放つ。

「僕の責です！　黒曜殿に手をあげたこと、その咎は僕ひとりのものでしょう！　僕は殺されても構いません。主は無関係です！」

「黙りおれ」

金賛の声が重々しく響く。

腹の底から獰猛《どうもう》な感情が沸き立つのを自覚する。自分ひとりがどうなろうと構いやしないが――主にわずかでも傷をつけたら、ただではおかない。

どうか、と重ねて言葉にして頭を下げた。

「いまにもとって食いそうな勢いで、それでも頭を下げるか」

金賛は少しおかしそうだった。

「身代わりとは、ずいぶん賊に利する提案ではありますまいか。伝主は女子《おなご》ゆえか、優しい提案をなさる。それで賊は無罪放免だとでも？」

壱位は渋面だった。

「よりにもよって、祭主の面体に傷をつけられたのですよ。主は拘束、従者は処刑でもぬるいくらいです」

そうだそうだと参位が追従する。弐位も頷いている。

「だがのう」

「金賛殿」

民江が控えめに発言する。

「伝主の提案は、決して無罪放免ではございませぬ。この者の主を牢に繋ぎ、これの身柄については、私共の預かりとさせていただきたく」

その場がざわついた。

「たかだか賄《まかな》い方《かた》風情《ふぜい》が何を言う！　それに詮議の場は本来女人禁制。伝主さえ参加出来ずにおるところ、お前がこの場に居るのは、ただの罪人案内人だからだぞ。要らぬ口を慎め！」

「まあ待て参位。……賄い方預かりで何とする？」

「賄い方は、膳《ぜん》を整えるだけが仕事ではありません。時には厳しい労役がございます。食材を崖《がけ》に採りに行ったり、獣を撃ったりもいたします。過酷な場がいくつもございますれば」

ほう、と金賛が顎を触る。

「なるほど。不本意ながら不慮の事故に遭う確率もあがるということか」

「……どちらかと言えば、神罰かと」

民江は頭を下げた。

「それは甘うはございませんか」

壱位はまだ不服そうだった。民江は金賛を見据えたまま口を開く。

「表立っての処罰は不興とともに同情をも買いかねません。賄い方預かりにすれば、建前上、南辺田の家に対する大きな貸しともなりましょう」

金賛は身を乗り出したようだった。

「その後はあずかり知らぬこと、と白をも切れるか。……ならばそれで手を打とう」

「待ってください！　主を牢に繋ぐのですか！」

自分の処遇はさて置き、主を身代わりにすることは我慢がならなかった。真汐は再度、声をあげる。

「それだけは止めてくださ……」

「確かに」

金賛は真汐に被せるように言を継いだ。

「従者の責は主の責とはいえ、南辺田殿はまだオトナイ格を喪《うしな》ってはおらんものな」

一瞬の間を空けてから、真汐は強く頷いた。金賛は目を細める。

「ならば南辺田殿はまだオトナイサマだ。粗雑には扱うまいよ。ただし龍屋敷から一歩も外には出られぬ。外出は一切を禁ずる。お前についてもだ」

金賛は涼しい顔でそう言った。

「正史に綴られるべきではないものは綴らぬ。山内真汐という人間はオトナイサマとしてはここに来なかったという記述にすればよい」

金賛は薄く笑った。

「つまり、おまえは最初からオトナイサマではなかったということだ」

「よろしいのでございますかそのような甘い処置で！」

抗議ともつかぬ声が末座から上がったが、金賛の一瞥《いちべつ》でその声が止んだ。

「この者にはいずれ神罰が下ろうし、南辺田の家に大きな貸しも出来よう。まあお前も、その働き如何では温情をくれてやらんこともないぞ」

――金賛は息子のために廣章の伝手《つて》を欲しがっていた。

ならば少なくとも主に対して無体はしないだろう。自分についても廣章次第で、取引の材料になると思っている節がある。

「山内、そなたは下働きとする。賄い方でこき使ってやるといい」

「賄い方、承りました」

民江が軽く頭を下げた気配がした。

「南辺田は約束通り、そなたの身代わりとしてこの龍屋敷に入ってもらう。オトナイ殿の代わりに部屋を用意しよう。オトナイサマとしても異例の扱いだが、祭の間までにまた妙な騒ぎを起こされても困るでな。南辺田はそなたにとっての人質だ。再び妙な動きをすれば今度は主から始末することになると心得よ」

真汐は顔を上げて金賛を睨んだ。彼はどこか楽しんでいるようだった。

「主が大事ならば、せいぜい身を慎むことだ。神罰はいつ落ちるかわからんでな」

否《いな》やを言い立てる暇もない。

「下がれ」

金賛の言葉に、民江は真汐を立ち上がらせた。

「くれぐれも、そやつには気をつけることだ」

壱位は民江にそう声を掛けたようだったが、民江はそれには返事を返していない。

真汐は民江に引かれるまま、部屋を出た。

※　※　※

胸の喘鳴《ぜんめい》が激しい。呼吸音が大きく響く毎《ごと》に、命の残り火が消えかかっているのが自分でもわかる。

まんま、と幼児の声がする。面倒見の良い長男があやしてくれているのだろう。彼はもう五歳、しかも次代の風祝だ。

風祝という祭主のことも、祭のこともよく知りはしない。だがこの村が、何か大きな秘密を抱えていることは知っていた。新政府に未《いま》だ強大な影響力のある彼らに関することだという噂《うわさ》に過ぎなかったが。

その彼らについて弱みを見つけてくることが、我らの、ひいてはこの日本国の未来のためだと信じて、高邁《こうまい》な目標のために身をささげる決心をしたのだ。

仲間とともに、行商人に化けて潜入した。一番金を持っていそうな、伝主と呼ばれる女に気に入られて逗留《とうりゅう》を許された。だが祭に関するということ以外の手掛かりはなく、時間切れとなった。

村の内部に入った方が、圧倒的に情報量は増える。仲間と話し合い、村の朴訥《ぼくとつ》そうな青年を捕まえた。籠絡《ろうらく》するのにそれほど時間はかからなかった。

そのまま単身この村に嫁いだ。

仲間とは定期的に連絡を取り合った。長男が五歳になって、ようやく祭の年が来た。

なのに――病に倒れてしまった。

枕《まくら》から頭があがらない。身内からの非難に耐え切れず、気の弱い夫は他所《よそ》で女を作ったようだ。ならば息子たちは邪魔だろう。夫が前に漏らしていた、祭主の水卜に、息子たちをねじ込むよう進言したのはほかならぬ自分だった。

我が身はここで力尽きるが、後は仲間に託す。十二年という年月の後で、屹度《きっと》、息子たちは祭の秘密を知り、伯父を名乗る仲間へと、その秘密を話してくれるだろう。

「いいかい、黒子《はくろ》だよ。三つの点を繋げたら、三角形になる形なの。お母ちゃんの足の黒子と同じ形よ。覚えておいて」

黒子ではない。これは刺青《いれずみ》だ。仲間同士、それは見たらわかる符号だ。

すべては彼らの力を削《そ》ぐため。

――操練所の未来のために。

そのための布石になれるのなら、今朽ちても構わない――。

六章　修祓《しゅばつ》

1

薪《まき》割り、水汲《みずく》み、飯炊《めした》き——中でも山のように炊かれる御供米のお櫃《ひつ》を運ぶのに、真《ま》汐《しお》は休む間もなく働かされた。

御供米をはじめ、祭用の食物の煮炊きにオトナイ殿の水屋は使用されないという。裏手に建てられた神饌《みけ》小屋を使うらしく、水汲みだけでも二方向を何度も往復させられた。民江は愛想のあった当初が嘘《うそ》のように冷ややかに、真汐をこき使った。

——神罰。

いずれ殺すと宣言されたも同然だ。もちろん、諾々と殺されるつもりはない。いざとなれば斬《き》り結んででも、主《あるじ》を連れて逃げるつもりではあるが、かといって黒曜や結麻を見捨てることもまた出来ない。神経を研ぎ澄ませているからか、働いている間も気の休まる時がなかった。

「し、失礼します」

　ようやく時間が取れたのはこの仕事を言われた時だ。多津もまた親の仇《かたき》のように真汐をこき使っていたが、夕方になってオトナイサマへの給仕を命じた。

　その多津もなぜか不承不承といった態《てい》だったが。

「真汐！」

　龍屋敷に宛《あて》がわれた部屋に入ると、本を措《お》いて廣章《こうしょう》が腰を浮かせた。

「無事でしたか。怪我《けが》はありませんか。酷《ひど》いことをされてはいないですか」

　駆け寄ってもらえるのはありがたいが、ともかくも手いっぱいに抱えた夕餉《ゆうげ》のものを配膳《はいぜん》させて欲しいと申し出た。ひとりでお櫃やらお膳やら運ぶのは限界があるのだ。

　改めて廣章の前に手をつく。

「申し訳ありませんでした！」

　どんな弁解をしようと、黒曜を殴り飛ばしたのは事実である。経緯を包み隠さず白状した。

「真汐らしくないというか……いや、らしいといいますか。事情はよく分かりました」

　話の合間に廣章は食事を終え、お茶を飲んでいた。廣章の声音に責める色はない。

「黒曜殿には、清月《きよつき》殿に対する『騙《だま》された』という想《おも》いがおありになったのですね。ならば、先日のお話の中で、黒曜殿に感じた私の疑念も氷解します」

　――嘘と真《まこと》。

「黒曜殿も真汐の言葉で我に返ったようなところもあるのではないでしょうか。清月殿はお優しい方でした。当時の水卜《みずうら》の段階でも、歴代黒曜殿の末路をご存じなかったようですし」

確かに「黒曜」を押し付けたことが故意であるならば、わざわざオトナイサマとしてここに来ただけの旅人を呼んで、相談などしないだろう。

「清月殿は文献に沿って、お調べになっていた途中でお気付きになったのです。確証を得ても、それを覆《くつがえ》す案は見つからず、周囲の大人は誰一人頼れない。そんな中で、知らぬことであったにせよ、当時のご自分の決断を責めて悩んでおられる。利己のためではなく、かけがえのない弟御のために。見知らぬ私にさえ、協力を求めずにはいられないほどに」

話を聞けば聞くほど、真汐も同じ思いに駆られる。主は力になって差し上げたいが、とため息をついた。

「それにしても黒曜殿は一体どなたに『清月殿に謀《たばか》られた』等と、そんなことを吹き込まれたのでしょうね……」

主は湯飲みを置く。

「基督教《キリスト》では、楽園のアダムとイヴに、知恵の実を食べさせたのは蛇だと言われているそうです。純粋に兄上を信じていた黒曜殿に、その実、折檻《せっかん》など大したことはなく、清月殿は自分の命を惜しんで黒曜殿を犠牲にしたなどと吹き込んだのは誰なのでしょう。風祝《ふうしゅく》の象徴たる鞭《むち》に手を伸ばしたことを知っている以上は……お役方の近くに居そうですね、蛇の君は」

廣章の洞察は鋭い。真汐はさすがだと舌を巻いた。

「僕も結麻殿の行く末を知っている方だと思います。『ある意味故郷と呼べる場所』に帰ると、そうおっしゃっていたそうですから」

真汐は黒曜と平蔵から聞いた話を語る。廣章はなるほど、と頷《うなず》いた。

「歴代金賛《かなさな》殿くらいしか知る者はいないはずのこと。それをご存知の蛇の君、ですか」

真汐、と廣章に呼ばれて顔を上げた。

「黒曜殿、結麻殿の命がかかっています。私たちも祭当夜の詳細を知らねば手の打ちようもない。その五味平蔵さんを明日、龍屋敷《ここ》に招《よ》んでください」

「こ、廣章さま!?」

廣章はにっこりと笑う。

「外出禁止を言い渡された以上、私が出るわけには行かないでしょう。ですが人を招んではならないとは言われていない。別に取って食うわけでなし、お話を聞くだけですよ」

無茶な話である。とはいえ主は言い出して引くような人ではない。早々に反駁《はんばく》を諦《あきら》めた。

「平蔵さんという方は、かつての金贄職にあったご家系――お話を聞くにはうってつけです。もっともご助力を乞《こ》いたい方ではないですか。必ず招んでくださいね」

下働きでこき使われている立場で、村はずれまで招びに行けるだろうか。

――いや、行けるだろうかではない。

「かしこまりました、必ず」

それから、と廣章は澄ました顔で再びお茶を飲む。

「私に黙って勝手に神罰に遭うなど許しませんからね、真汐。ちゃんと戻っていらっしゃい」

少しだけ胸が詰まったのを悟られないように、真汐は慌《あわ》てて後片付けを始めた。

※　※　※

引き受けたからには、無理難題と雖《いえど》も叶《かな》えるしかない。朝いちばんの薪割りの合間にこっそりと抜け出した。全力疾走で大汗を掻《か》きつつ、平蔵の家へと駆けこんだものだから、鶏たちが一斉に騒ぎ出して大変な騒音となった。

「朝っぱらから、なんと迷惑な！」

平蔵はかなり不機嫌そうである。とはいえ、彼も既に食事も身支度も済ませていた。村の朝は早い。夜に余分な明かりを使わぬよう、皆、日の出とともに起き出しているのである。

「儂《わし》を龍屋敷に招くだと？」

事情を話したとたん、彼は機嫌を直した。

「お前の主は面白い御仁だの」

真汐は否定できない。面白いかどうかは知らないが、一筋縄でいく人ではない。

「付いてきていただけますか」

もちろんだとも、と平蔵は笑った。

龍屋敷へはもちろんお忍びである。お役はもちろん、賄《まかな》い方《かた》に気づかれても騒ぎになるだろうし、間の悪いことに、朝から炊き出しの女子衆《おなごしゅう》が駆り出されていた。

――御供米の炊き出しである。

耳目はいつもの何倍もある。ただし、女性が多いということは、女性ものの着物を着ていれば目立たないということだ。

真汐は周到に女物の着物を借り受けていた。やゑに協力を頼んだのだ。平蔵がやゑほどの背丈で助かった。平蔵は手拭《てぬぐい》を姉さんかぶりにしており、遠目には女にしか見えまい。

「本当にたくさんの米を炊くのですね」

神饌小屋は女子衆で大騒ぎだった。その喧噪《けんそう》に紛れることが出来そうだ。

「毎年、これが綺麗《きれい》に消える。一体どなたの口に入るやら、だ」

そそくさと龍屋敷に入り込んだ。幸いにして、誰にも見咎《みとが》められることはなかった。

「廣章さま、お連れしました」

主は眼鏡の奥の目を細める。

「お招《よ》びたて致しまして、申し訳ありません」

なんの、と平蔵は手拭をとった。

「このような老いぼれで何かの役に立つのでしたら」

痛み入りますと廣章は頭を下げる。下がろうとした真汐は、だが主に留められた。

「真汐もこの場でお話をうかがいましょう」

「しかし……薪割りが」

「民江さんにしばし真汐を借り受ける由《よし》、話は通してあります」

借り受けるとはなんとも切ない言葉だが、さすがは主、抜かりはない。むしろよく民江が許可を出したものだと感心すらしてしまう。

「お前の主は面白い御仁よな」

平蔵が再びそう言って笑った。

※　※　※

「平蔵さんにお聞きしたいのは、先《ま》ずは藤の墓所についてです」

「はて、藤の墓所の何が知りたいかの」

平蔵は目を眇《すが》めて主を見る。

「昨日、真汐にも言ったが、あそこは村の本来の墓所ではない。だが墓所と言っておかねば、外部の者が入り込むからな」

「『鉄鐸《さなぎ》の殿様』が安堵《あんど》された土地だからですか」

そうだ、と頷く。

「藤が見事だったろう。殿様の時はただの野藤だったようだがな。藤は本来山を荒らすものだが、ここのは風鎮祭《ふうちんさい》に合わせて見頃になるよう、常に手を入れておるものだ。それも当番の仕事のひとつだ」

「その当番とは……崖《がけ》の上にまで、監視がいたと真汐が申しておりましたが」

目が良いな、と平蔵は真汐を見る。

「あれもそうよ。見張りよ。上からであればすぐに侵入されたことがわかるからの」

「しかし藤の墓所に、どうして見張りが必要でしょう？　たとえ外部の者が入ったところで、藤の景観が損なわれるわけでも土地が荒れるわけでもない。あの場所が所謂《いわゆる》アトミラズであったとしても、入った者に罰が落ちるだけで、皆さまに影響はないでしょう。……それに村からも離れております」

村はすり鉢状の盆地だ。外部の者が入り込めば誰でもそれと知れる。

「見張りを置くならむしろ村の中ではないのでしょうか」

平蔵は小さく笑った。

「着目点が面白い御仁だの。ならば、御主は何が理由だと思われる？」

廣章は微笑《ほほえ》む。

「古来、人は何か隠しごとや、見られたくないものがあるときに、見張りや罠《わな》を仕掛けるものではないでしょうか。見張りを置くのがあの場所であるなら、あそこに入りこんで欲しくないものがあると考えるのが妥当では？」

平蔵は豪快に笑った。

「明察だの。藤の墓所――藤の蔭《かげ》になっておるあそこには、臥龍洞《がりょうどう》の出入り口があるのよ」

そこから洞を遡《さかのぼ》れば龍屋敷まで一直線に辿《たど》りつける。そのため平生は、巨岩で穴を塞《ふさ》いでいるのだという。

「巨岩……」

まあ普通の人には動かせんわな、と平蔵は頷く。

「年間を通しての当番はあくまでも形式上のもので、人もたいして多くない。鳴子が鳴れば調べて、人ならばここは墓所だから入ってくれるなといえばそれで済む。仮に人が入ったところで何も出ては来んし、探られて痛いものではない」

ただし、と言い添える。

「祭日当夜はもとより、前五日、後一日だけはその限りではない。十二年に一度岩を動かし、風を通すことになる。風鎮祭だからな。風の神の通り道となるのだ。故《ゆえ》に、見張りは金賛縁故の者が担当し、その間に訪れた外部の者は問答無用でオトナイサマとして連行し、監視するという仕儀だ」

「すべては祭場に直結しているが故の対応だということですね」

そういうことだ、と平蔵は頷いた。

祭場である臥龍洞の入り口は、龍屋敷の裏にある。洞の穴を囲うかのように塀を巡らせ、そこは龍屋敷からでないと入ることが出来なくなっている。

「仮に賊がその巨岩に気づき、動かすことが出来れば龍屋敷を襲撃することも可能ですね」

「まあ問題はその岩が、大人十人でも動かせるかどうかの代物《しろもの》だということだ。人数を集めれば動くだろうが、そのような大人数ではさすがに見張りも看過せんだろう。故に真に守るべきは祭の前後だけということになる」

待ってください、と真汐が声をあげた。

「その岩は誰が動かしているのですか？　祭の当番の金賛家縁故の人たちですか？」

平蔵は首を傾《かし》げた。

「たしかに岩を動かす現場は見たことはないな。祭の前に動かし、終われば元通りにしているのだと知ってはいるが、いつそのようなことが起きているやら」

「岩は本当に動いているのですか？」

そこは間違いない、と平蔵は頷く。

「藤が滝のように揺れるのは、裏で風が通っているからだ。若い頃は遠目に穴を見にも行った。もちろん、中に入ったことはないぞ。村の衆でもあそこから中に入ることは禁じられているからな」

なるほど、と頷く一方で、あの死体のことが気になった。

――埋められて間もない死体。

「オトナイサマになることを固辞した者はどうなるのでしょうか」

平蔵は眉間《みけん》に皺《しわ》を寄せる。

「固辞？」

「オトナイサマになることを拒む方もおられましょう。その場合は、どういう処分になるのでしょうか」

「処分、とは不穏だが、寡聞《かぶん》にしてオトナイサマを辞したもののことは聞いたことはない」

『正史に綴《つづ》られるべきではないものは綴らぬ。山内真汐という人間はオトナイサマとしてはここに来なかったという記述にすればよい』

　金賛はそう言っていた。ならばそのようにして殺される者がいた可能性も高い。

「次に祭の詳細について教えていただけますか」

「念のため言っておくが、家に残る書付を読んだ程度で、そこまで詳しくはないぞ。儂にわかるのは洞の外だけだ。村の衆と大して変わるものではない」

　平蔵は改めて断りを入れた上で続ける。

「祭は夜半過ぎに始まる。風祝らはそのまま祭場に向かう。もちろん村に下りてはこない。下りて来るのは風祝の暴威が依《よ》り憑《つ》いた黒曜だ。祭の一刻《二時間》前だな。朱《あか》い斎衣姿に面布をつけた黒曜を、村の衆は家の中から息をひそめて見ている」

「面布……黒曜殿はこの時点で逃亡はなさらないのですか？」

　この後殺されることが判《わか》っているならば、その足で逃げてしまえるだろうに。

　平蔵は首を振る。

「既に黒曜殿には暴威が依り憑いているから、ものの道理が解らないそうだ。かつて彼を救わんと黒曜の家族からの呼びかけや、生家に匿《かくま》おうとする動きもあったそうだが、問答無用で襲い掛かってきたというからな。正常な判断も出来ぬほど深く憑依《ひょうい》されているのだろうと噂《うわさ》になっておった。しかも人と思えぬほどの速さで村を飛んで廻るのだと。……以降、神を止めようなどと立ち向かう者は誰もおらん」

真汐は息を飲む。

「村を巡り終えた黒曜は、自ら臥龍洞へと入っていく。儂らがわかるのはそこまでよ」

――その後、戻ってくるのは風祝だけだ。

「黒曜殿も、結麻殿もどちらも……？」

平蔵は目を逸《そ》らす。

祭で殺される祭主――人身御供《ひとみごくう》と何が違う。

「どうしてこんな祭が必要なんですか」

真汐は思わず呟《つぶや》いていた。

「真汐……」

「かまわんよ」

思わず止めようとした廣章を、平蔵が制する。

「神の依《よ》り代《しろ》、神の暴威……そんなに神様とやらが怖いのですか。人を殺《あや》め続け、長期間折檻までして、誰一人しあわせになんてならない祭を、長い間どうして続ける必要があるんですか！」

「お前さんは余所者《よそもの》だろう？　なぜそれほどに憤《いきどお》る」

「そりゃあ僕は余所者ですよ！　結麻殿だって黒曜殿だって他人ですよ！　わずかな関わりしかないですけど、死んでなんかほしくない。生きていて欲しいですよ！」

言葉が迸《ほとばし》る。師匠である義父もそうだった。沖縄の少女も、北の地の人々もそうだ。生きたかった人たちがいた。生き延びてほしかった人たちがいた。わずかな関わりあいの中でさえ、大事だと思える人たちがいた。理不尽に奪われた命に接するたびに、どうにかして救う方法はなかったかと、後から己を責めるしか出来ないことばかりだ。

何ひとつ役に立たない。その無力感を、ここでもまた味わえというのか。

「だが……儂らに何ができるというのかね。そもそも洞の中に入ることも叶わないのに」

真汐は唇を噛《か》む。悔しいが自分には何の力もない。

「諦めてはなりません」

廣章だ。眼鏡の奥の目が笑う。

「おまえは黒曜殿の心を動かしました。平蔵さんも、ここにいらしてくださったのは、真汐の言葉を受けてのことでしょう？」

平蔵は苦笑する。

「かつては義憤にかられ、定期的に龍屋敷に申し入れをされてきたと伺いました。そのために、疎《うと》んじられてきたと」

　廣章は静かに言う。

「水卜では不正も常態化し、また大量の御供米とやらが消える不思議もあると伺いました。……この村の方々とて、決して今のやり方に憤懣《ふんまん》がないわけではありますまい」

　平蔵は廣章を見つめている。

「余所者が伝統に口を挟むのは、私の主義からもかけ離れた振る舞い。ですが歪《ゆが》みの積もったものを正すことが必要なこともあります。揺るぎない伝統を持ってきた上社、大《おお》祝《ほうり》や神長官《じんちょうかん》でさえ、時代という奔馬の前には無力だったと聞きます」

　ましてやここはどこにも繋がっていない村。土地の秘祭だ。

「皆さんが、今の祭をお辛《つら》いと感じているなら、息苦しいとお感じなのなら。受け継ぐ方々が自ら立ち上がり、祭を本来の形、人々の信仰心を尊重する形に戻すことは、決して伝統を蔑《ないがし》ろにすることではないはずです。私たちにそのお手伝いをすることくらいは、出来るかと思うのです」

　廣章は微笑む。

「よりにもよってこの時期《タイミング》で、お節介者がオトナイサマとしてこの地に来たのです。これがまさに神の御意志なのではないでしょうか」

「……言うのう」

平蔵は呆《あき》れたように笑う。

「ただ、私たちはあくまでも『手伝い』、主体となるのは皆さま方です。平蔵さん、その後押しをなさることは今も難しいことでしょうか」

なるほど、と平蔵は腕を組んだ。

「儂を招んだのは、焚《た》きつけるためか」

「誰だって、我が子を犠牲にしたくはないでしょうし、子どもたちには不安のない未来を用意したいと思うもの。そしてお腹《なか》いっぱい食べさせてあげられるようにしたいもの。この先の時代に、人の贄《にえ》を捧《ささ》げる祭を繋げていけますか」

参った参った、と平蔵は頭をなでる。そのまま顔を拭うように撫《な》でた。

「真汐や……あんたの主は面白いどころか、とびきりの策士だのう」

「平蔵さん！」

真汐は声をあげる。

「廣章先生の言う通りだ。儂がここに来たのは、あんたの書生に動かされたからだよ。今の祭は、『我が土地の祭』だと胸を張って言えるものではないからな」

平蔵の目はまっすぐに廣章を見ている。

「その昔に酷い殺戮《さつりく》を受け、心ある者たちはその出鼻をくじかれてしもうた。金賛はじめ神職の作り上げた祭の新しい規則《しきたり》で、皆ががんじがらめにされた。なまじこの村を安堵してくれた殿様方がいたばかりに、結麻殿という生きた絆《きずな》がその証《あかし》とも鎖ともなって、もはや自分たちだけで止められなくなっておる——八方ふさがりとはよく言ったものだ」

　だがな、と続ける。

「儂も冥途《めいど》に行く前に、ご先祖の無念を少しばかり、晴らしておきたいとは思うておったのよ」

　平蔵は廣章に向き直る。

「過度な期待はせんでくれ。儂が鼻つまみ者であることには違いないから、賛同する者もおそらく多くはない。怯《おび》えておる者も多い。だがそのうえで助力を願いたいのはこちらの方だ、廣章先生。この村からもう死人を出さぬために、力を貸してはくださるまいか」

　喜んで、と廣章は頷く。

「真汐、私はこれから平蔵さんと打ち合わせをします。合間を縫ってまたここに来てください。清月殿の許《もと》へも報告に行けるようにしませんと」

　かしこまりました、と返した声は、思った以上に大きく響いた。

2

黒曜殿、と閨《ねや》の中、ねっとりした声が響く。

「今日はやけに焦《じ》らしますね……祭の前で緊張しているのですか？」

何もない、と黒曜は静かに言う。少しわかりやすかったかもしれない。莨《たばこ》も喫《す》う気にはなれず、女の中に入ることもなかった。ひたすら、女をひとりでよがらせているだけだ。

――既に生理的嫌悪《けんお》感《かん》が勝っている。

だがここで気取られるわけには行かなかった。

「結麻の、鉄環《かなわ》のことなんだが」

「……鉄環がどうかしましたか」

女が反応した。

「いや、ちょっと気になっただけだ」

不自然に女が黙る。

「そもそも結麻はどこから来たんだったか」

「薩摩でしょう。『鉄鐸の殿様』のご家中。だがそれを人に言ってはいけませんよ」

「なぜ？」

嫌悪感を押し殺して、女の悦《よろこ》ぶ場所を攻めていく。ようやく女が嬌声《きょうせい》を上げ始めた。

「なぜって、薩摩とこの村の絆です。薩摩からはちゃんと金子も届いていますしね。祭は絶対に絶やしてはならないのです」

黒曜は眉《まゆ》をひそめた。

「……なぜ薩摩は金子を寄こすんだ」

結麻を寄こすのみならず、金まで出して——。

「そりゃあ、鉄環のせいでしょう」

「どういうことだ」

女に良いように弄《いじ》られながら、少し苛々《いらいら》し始める。

「今年も良い鉄環が、鉄鐸が出来ますよ。思い出してごらんなさい、黒曜殿が手を伸ばした鉄鐸も、当時は輝いておりましたでしょう？　出来立てだったからですよ」

黒曜は眉をあげる。上体を起こした。

「どうし……」

「俺が手を伸ばしたのは、鉄鐸じゃないんだろ」

女は自分の失言に気づいたのか、ああそうでしたね、と取り繕うように笑った。

「そうでした、あの時天道虫《てんとうむし》に気を取られて、あなたは」

「天道……？」

脳裏に赤いものが閃《ひらめ》いた。記憶がつながる。

あの赤い小さな虫が大好きだった。それがたまたま、あの日、あの座敷の、鞭の上に止まっていた。手を伸ばした先には虫がいて、だがそれを兄が止めてくれ――違う。虫はすぐに、鞭から鉄鐸へと飛び移った。鈍色《にびいろ》に光っていた、出来立ての鉄鐸の上に。

「そうだ、俺が最初に触ったのは、鉄鐸だった……」

確かに兄は自分が風祝になると名乗り出た。だがそれは風祝の説明を聞いた後。あの時、黒曜は鞭には触っておらず、鉄鐸の上に移った天道虫を取ろうとしていた。

「あんたは……俺に嘘を吹き込んだのか」

「嘘とはなんです。人聞きの悪い」

女はむっとしたようだった。

「あなたこそ何を吹き込まれたのです。頬を殴ったあの書生に何か聞いたのですか」

黒曜は黙る。

真汐が詮議《せんぎ》に掛けられたとは後から知らされた。助けに行きたかったが、接触を禁じられた。金賛に直《じか》談判に赴き、オトナイ殿の下働きになっていると聞いて一度は安堵したものの、その後、この部屋に呼ばれた。現れた女は、黒曜に手を挙げたものは絶対に許さないと激昂《げっこう》した。気乗りせずに宥《なだ》めていたらいつしか押し倒されていた。

女は黒曜に非があろうが、真汐がいかに正しかろうが、手を挙げた一点で許しがたいと吐き捨てた。凄惨《せいさん》な死を用意すると罵《ののし》った。

それほど慈《いつく》しんでくれているのだ、と、少し前の自分なら感激しただろうか。

真汐に殴られ目が覚めた気がする。今はこの利己主義に吐き気をしか催さない。

それでも情報を取るためにと、閨の中、必死で女から聞き出そうとしたが、我慢が限界を迎えた。

「言いがかりだ。真汐は俺に何も吹き込んだりはしていない」

「私に意見するのですか？」

女が閨の中から立ち上がる。闇《やみ》に浮かぶ白い裸身が両手を広げた。

「いいのですか。このままじゃあなたは明日には殺される身ですよ。誰を味方に付けねばならぬか、賢明な黒曜殿ならお解りのはずでしょう」

黒曜は視線を逸らす。直後、女を睨《にら》んだ。

「おれはもう、あんたとは会わない」

女が絶句した。訣別《けつべつ》の言葉を反芻《はんすう》しているのだろうか。それから苛立ったように襦袢《じゅばん》を身に着けはじめた。

「それがあなたの答えですか。後悔しないといいですけど。頭を冷やしてよくよくお考えなさいませよ」

足音も荒く、女は部屋を出て行った。部屋が再び闇に覆《おお》われる。

「兄様……」

呟きが自分を打つようだった。

真汐の言った通りだ。兄は自分を謀ってなどおらず、結麻と共に、ずっと心配をしてくれていたのだろう。

結局、結麻のことも解らずじまい、もっと早くに、情報を仕入れていたら何かが違っていたかもしれない――後悔は尽きない。

だが。

『僕もあなたを死なせたくはないのです』

不意に真汐の声が聞こえた気がした。

――諦めるなと。

黒曜は手早く着物を身に着けた。

清月にも結麻にも会えないが、情報は何も、あの女一人だけが持っているわけじゃない。

「俺は死なない。結麻も兄様も、真汐も死なせない」

呟いて、戸を開ける。覚悟を決めて踏み出した。

――光の中へと。

3

「結麻殿！」

彼女を見かけたのは、庭の最奥《さいおう》、錠の差された塀の前で薪割りをしている最中だった。

結麻は驚いたように近寄ってきた。

「なんと、山内殿、こんなところで」

「僕はもうオトナイサマではないので」

事情はもちろん知っているのだろう、心配そうに聞いてくれた。

「平気ですか」

「ご心配ありがとうございます。でもまあ、慣れていないわけではないので」

南辺田本邸では女性陣の目を盗んでは、たまに年配の下男を手伝っている。男性陣もまた真汐に何か教えたくてたまらない人たちだったから、庭木の剪定《せんてい》から薪割り、風呂《ふろ》の湯沸かしから簡単な大工仕事くらいまでは、ひととおりは経験している。

さきほどまで監視していた賄い方の男衆は、真汐が意外に使えると見るや、山のような薪割りを押し付けてどこかに行ってしまった。他に仕事があるのだろう。

「しかし休み休みなさってください。……あまり根を詰めるのもよくないですよ」

「そうですね……なら、少しお話をしても良いですか」

手拭で顔を拭《ふ》きながら、真汐は木陰の下を指さした。屋敷からは見えない場所だ。

結麻は大人しくついてくる。躊躇《ちゅうちょ》しながら水を向けた。

「あの、祭のことですが……その」

首を傾げる彼女に、真汐は意を決して口を開く。

「結麻さんは、祭の後、ご自分の身の振り方をご存知なんでしょうか」

身の振り方、と結麻は繰り返して、それから小さく微笑んだ。

「代替わりの件、ですね」

結麻は己の首の環に触れる。真汐はその首回りの痣《あざ》と傷から目を逸らした。

「気にしないでください。なんとなくわかっています。儀式の後、『結麻』が洞を出てくることはない、ということは」

掛ける言葉が見つからない。

わかっているとはどういうことか。死ぬことを定めだと受け入れているのか。

「結麻さん。実は僕たちはあなたのその『鉄環』をもらい受けるために、ここに来たのです」

真汐は改めて『鉄環のお役』の説明をした。結麻は静かに聞いている。

「確かにお役として来ています。ですが事情を知った以上は、これまでのように鉄環だけを持ち帰るようなことは決してしません」

「山内殿」

「黒曜殿も結麻殿も……もちろん自分も、みすみす殺されはしないし、殺させはしません」

彼女は頷いてくれた。だがどこかに諦めがあるようにも感じられて不安になる。

「結麻殿は、薩摩からいらしたんですよね」

無言で肯定された。

「どういう経緯でいらっしゃったか、お話を聞かせてもらえませんか」

ふと、結麻の顔に懐《なつ》かしむ色が浮かんだ。

「どうしました？」

「いえ、昔、同じことを聞かれたことがあったなと。しかし六歳までの記憶ですし、詳細はよく覚えていないのですが、それでもよければ」

「是非に」

勢い込んで頷くと、結麻は静かに語りだした。

※　※　※

郷里は薩摩というところだった。夏のような陽射しの中、太陽を背にして突如現れたその影のような大人は「信田《しのだ》」と名乗った。逆光で真っ暗な藁《わら》人形のように見えたが、ぼさぼさの頭と、まるで刺青でもしたかのような目の下の隈《くま》が特徴的な、痩《や》せぎすの男だった。彼は誰かに指示して、結麻の服を整えさせた。暑い中、薄手とはいえ外套《がいとう》を纏《まと》わされ、脚絆《きゃはん》までつけられた。そのまま信田に付いていき、気が付けば船に乗り、汽車に乗っていた。誰にも別れを告げることなく、不意に生まれた場所と周囲の人々は結麻の前から姿を消した。いや、残された人々から見れば、いなくなったのは結麻の方だろう。突如として世界が変わった。

あの頃住んでいた家では、そういうことは頻繁にあった。世話をしてくれる大人たちの顔も頻繁に変わった。子どもは急にいなくなったり、急に増えたりした。たくさんの子どもたちがいたようだけれど、いくつもの部屋や屋敷があったから、全部を把握してもいない。住んでいたところは龍屋敷以上に広い屋敷ではあったと思う。

庭も手入れされていて、少し大きい子どもたちがよく庭で相撲を取っていたものだ。

女子は特にいろいろなことをさせられた。読み方、綴り方、暗記、算盤《そろばん》、針仕事、駆け比べ、水練、体操……重いものを持ち上げたり、高いところから飛び降りたりなどをしていた。なんのためだったかはわからない。

特段、殴られたりするなどの虐待《ぎゃくたい》を受けたりするわけではなかったが、大人の誰かに愛情を注いでもらったという記憶はない。そもそも親もいなかった。

　子ども同士は仲がよかった。いつも一緒だった、仲の良い、おさげのあの子を自分は何と呼んでいたろうか。顔は朧《おぼろ》げに思い出せるけど、名前を呼んでいただろうか。

　自分の昔の名前は憶《おぼ》えている。「かなわ」だ。鉄環を首につけた者は自分だけだったからだ。汗をかくと、擦れて切れたり、膿《う》んだり、汗疹《あせも》で痒《かゆ》かったりしたが、どうしようにも外せないので、次第に丁寧に拭く癖がついた。錆《さび》がでたら錆とともに生きねばならない。幼い頃は首と鉄環の間にも余裕があり、鏡で覗《のぞ》くと、そこには汗疹がまるで鉄環の影のようにびっしりと浮いていたこともあった。

　外したい、と願ったことは一度や二度ではないが、それを諦めるのもまた早かった。

　信田とはわずかな付き合いでしかなかったが、旅をしている間は辛かったことしか覚えていない。彼は結麻に食事をほとんど与えなかった。数日の間に水を少しと干した芋を与えられただけだった。信田はひっきりなしに煙草《たばこ》を吸い、労咳《ろうがい》のような嫌な咳《せき》をし、それ以外は酒を飲んでいた。陽気になることも饒舌《じょうぜつ》になることもなく、陰気な顔のままでしょっちゅう舌打ちをしていた。

　たまに結麻を睨んで「いいご身分だ」と小さく悪態を吐《つ》いた。外套はどんなに暑くても絶対に脱ぐな、人に首を見せるなと指示した。

今思えば、鉄環を人に見られぬためだったのだろう。昼の列車内は暑く、汗をかきっぱなしだったが、窓を開けると気持ちが良かった。信州に近づいてからは思った以上に涼しくて、外套がありがたかったほどだ。

それでも塵埃《じんあい》にまみれ、空腹と疲労で小汚くなっていただろう子どもを狙《ねら》うもの好きもいたらしく、二度ほど、大きな停車場で手を引かれ、雑踏の中に連れ去られかけた。それを押しとどめ、酒臭い息で失《う》せろと凄《すご》んだ信田の前に、拐《かどわか》した連中はそそくさと退散していった。

信田とは何者だったのだろう。

結麻を龍屋敷に送り届け、何かを渡した後は、一切その姿を見ていない。

到着したのは夜だった。お伝様という人には、到着したその日に引き合わされた。顎《あご》の尖《とが》った、綺麗だがやせぎすの女の人だった。隣にいたのはふっくらとして肉付きのいい、こちらは優しげな姉やで、民江と名乗った。この時民江はまだ十代半ばだったはずだ。

まずはこの二人に付いて、風祝・清月の付き人とはどういうものであるかを教えられた。

他のお役からも、黒曜の身を守るための最低限の護身術と、清月を正しく「ちょうちゃく」するために、体の部位となりたち、手当の方法を教わった。

到着した日に信田に「結麻」だと紹介された。「かなわ」という名はそれきり使っていない。伝主からは結麻とは名であり、またお役の名だと教えてもらった。風祝の威光、それに見合う立ち居振る舞いが求められるのだと。

たかだか六歳だった自分にそれがわかろうはずもなかったが、問うことも愚図ることもしなかった。しなかったわけではなく、出来なかったという方が正しかったが。六歳であるという年齢もここにきて聞かされたくらいだった。

慣れない龍屋敷での生活で、結麻はもとより、清月や黒曜を含む世話はほとんど姉やである民江が請け負ってくれた。当初のことは、正直あまり記憶していない。新しい環境になじむことよりも先に、黒曜の世話に追われていたからだ。

いかんせん、彼は三歳児だった。放っておけなかった。毎晩夜泣きと寝小便を繰り返す黒曜の世話は、通いの民江だけでは手に余った。彼女のいない夜の世話を引き受けた。

本来なら結麻は清月の付き人であったはずが、黒曜が七つになる歳《とし》まで同じ部屋で寝起きをしていた。そのことを大人たちは咎めなかった。黒曜に対する、万事肯定の不文律があることは後から知ったが、それを気にしなかったのは清月と結麻だけだろう。

そんなものはどうでも良かった。

稚《おさな》い我《わ》が儘《まま》を言うようになり、夜には結麻にしがみついて寝る黒曜はただただ可愛《かわい》い存在だった。笑顔を見せてくれればうれしく、熱を出せばつきっきりで看病した。

『結麻、首の環、痛い？』

いつごろだったか、黒曜が、成長によって首に食い込み始めた環に手を伸ばしてきたことがある。

『痛くないですよ。大丈夫』

未《いま》だ夜な夜な擦り切れそうな痛みはあった。黒曜にわからぬよう、呻《うめ》いて我慢していた。聡《さと》い子どもはそれを見抜いていたらしい。

『いつか、僕が大人になったら、たくさん勉強して、結麻の首から、環を外してあげるね』

そんなことをしなくてもいいのですよと言ったが、子どもは首を振った。

『だってそのままじゃ可《か》哀《わい》想《そう》だもん』

心根の優しい子だった。

清月もまた同じように優しかった。結麻が負わせたケガが膿んで熱を出したこともある。心配で清月の許に駆け付けたいのに、黒曜が縋《すが》るから渋々一緒に寝ることもあった。

高熱を出して苦しんでいるところを、絶対に黒曜に知られないようにと懇願したのは清月本人で、結麻はそれを頑《かたく》なに守ってきた。清月と黒曜の願いを、それぞれ大事にしたかったからだ。

嫁《か》す前だった民江と一緒に、世話に追われるように日々を過ごした。民江もまた、彼らを我が子同然だと言ってくれていた。

清月と黒曜の世話をすることは「結麻」としての役目でもあったが、それを役目だと思ったことはなかった。

清月に関しては、しばらくして後、猪首《ししく》御頭《おんとう》らが基礎教育を施していたが、黒曜と結麻はそれに一度も呼ばれたことはなかった。

その代わり、数年の後、清月が先生を買ってでた。自身が吸収したものを、丁寧に黒曜と結麻に教えてくれるようになったのだ。

お陰で結麻も黒曜も、清月とともに物語を読むことを覚えた。清月は書物の中から世間や歴史などを学び、黒曜と結麻も、彼を通して、世界が広がるような、高揚感を覚えた。

黒曜は物語に傾注するあまり、算術や綴り方を渋っていたが、一度学んだものは忘れないという物覚えの良さも発揮した。

自分の習熟より、黒曜の著しい成長を目《ま》の当《あ》たりにすることが嬉しかった。

それは清月も同じだったと思う。

蚯蚓《みみず》の這《は》ったような字が、いつしか達筆と呼べるほどに美しくなった。清月が、黒曜の昔の書き損じを密《ひそ》かに、今も大切に保管していることを、結麻は知っている。

『さあ結麻殿、お役だ』

本当に嫌な役目とはこれだけだった。嵐《あらし》ともなれば必ず呼ばれる。

恐怖に泣きじゃくる、たった五歳の男の子を、六歳の結麻が鞭《むち》で打擲《ちょうちゃく》するために。

その様を恍惚《こうこつ》とした表情で眺め、たまに酒を食らっていたのが御頭の参位だ。

清月が血を出せば昂奮した。痣が出来ればはしゃいだ。鞭が嫌なら棒を使え、こうやって使うのだと結麻の身体《からだ》に打ちおろしたこともある。痛みに気が遠くなりかけた結麻を見て、清月が泣きながら己の尻《しり》を差し出した瞬間、鼻の穴を膨らませた参位の表情が忘れられない。

『風祝としての務めでございますからなぁ、清月殿』

奴《やつ》の嗜好《しこう》の先にいたのは幼い清月で、その傷を負った姿に昂奮する性質《たち》だったらしい。

結麻は敢《あ》えてその邪魔をすることが多かった。そのために折檻《せっかん》指南という名目で、参位に、真冬の板張りの上で裸で鞭打たれたこともある。

そのあたりについては、龍屋敷では一切が不問だった。お役方の特権免除であったらしい。歴代の結麻の中には堕胎したという醜聞も決して珍しくなかったようだ。どのお役に訴え出ても無駄であるのだと、清月は暗い顔をして首を振っていた。

ただ不幸中の幸いであったのは、参位が、清月の成長に伴い、興が削《そ》がれていったことだろう。傷や痛みでのた打ち回っているのを見るのが楽しかったのは、あくまでも年《とし》端《は》も行かぬ子どもに限定されていたようだった。

その間に、結麻と清月は折檻のコツや手加減を覚えていった。ここ数年は、穏やかに、ほぼ形だけの儀式となった。

もう鞭に怯える少年はいないのだ。どれほど頼もしく、心強かったか。

それでもこのお役からは解放されたいと願っていた。

お役にはもうひとつ、鳴子が鳴った場合の藤の墓所《さんまいじょ》への検分がある。当然風祝たる清月は出られず、そのような事態に、彼の耳目である黒曜を煩《わずら》わせるわけにもいかない。本来の職掌で言えばお役方が適当だろうが、いつの頃からか、結麻の職分にされていた。

南辺田たちが来る前、実はオトナイサマが出ている。なのに鳴子は鳴らなかったというから、不思議な話だ。見張りが気づいたときには、開かれた岩の傍で、そのオトナイサマは既に死体となっていたという。

已《や》むを得ず、その場に埋めるしか方法はない。その死体の検分も、結麻の仕事だった。

彼《か》のオトナイサマには首がなかった。ねじ切られたとしか思えない圧力がかかっていたようだ。人の仕業ではないと直感的に感じたが、見張りの長《おさ》である金賛の老父——先代金賛は、異常はないと言い切っていた。

埋められる前にふと気づいた。草履のない右足の内踝《うちくるぶし》付近に、三つの珍しい黒子《ほくろ》があったことを。妙にそれを印象に残している。

「結麻」の任期は十二年。それが終われば代替わりすると伝えられていた。任期の終わりの年、自分と同じように、郷里で「かなわ」と呼ばれる子が、信田のような大人に連れられて、春先に郷里を出るのだろう。

——では先代の「結麻」は。

郷里には、鉄環を付けた者は自分以外誰もいなかった。つまり郷里に戻されているわけではないということだ。ここに来た時も、先代結麻の持ち物は、下穿きから草履からそっくりそのまま残っていた。

まるで、持ち主だけが鉄環ごと消えたかのように——。

新しい結麻はおそらくそれをなぞるのだろうと考えた時、己の行く末もまた理解した。

誰にも言わなかったけれど。

ちょうどその頃は、清月が歴代黒曜の末路について確証を得ていた時期だった。

——黒曜もまた、殺される。

黒曜に言うべきかどうかを逡巡《しゅんじゅん》している間に、彼は潔斎の場に籠《こも》ることが増えた。

潔斎とは何をするところかも分からない。これは黒曜のみに課せられたお役だと伝主に言われれば、従うしかなかったし、特段、折檻のようなことはされていないらしいので放置していたが、戻る毎《ごと》に莨の臭《にお》いや、白粉《おしろい》の臭いをさせるようになっていることに気づかない結麻ではなかった。髪に、衣に――臭いは染《し》みつくものだから。

　あれほど慕っていたのに清月を疎んじるようになり、結麻も粗雑に扱われるようになった。清月は自立の始めだと言ってはいたが、結麻はその背後に誰かがいることに気づいていた。

　一度問いただしたこともある。だが黒曜は頑として口を割らなかったし、なぜか清月に対する憎しみを募らせていた。

　あれほど仲のよかった兄弟が、仲違《なかたが》いをするのを見るのは辛い。

　ましてや、命が懸かっていることをどう告げたら良いものか。

　考えあぐね、手を拱《こまね》いているうちに、臥龍洞に風が通ったと言われたその日から、潔斎期間と称して、黒曜との接見が禁止された。

　十二年の任期の最後の最後に、最も暗い影が落ちていた。

※　※　※

――藤の墓所で、まるでねじ切られたように、落とされた首。

真汐はぞっとする。その殺され方には既視感がある。

「見張りの方々は、殺されたところを見てはいらっしゃらないと?」

「見ていないと言っていました。とはいえ、先代金賛は何か知ってはいるようでしたが……教えてはくれないでしょう」

死体の素性はわからないままだ。同じく、その犯人も。

真汐はため息をつき、改めて結麻を見つめてから、頭を下げた。

「……申し訳ありませんでした」

「何が、でしょう?」

「そんな大事な弟御のような方を、その、僕は殴ってしまって」

結麻が『弟を育てるような気持ちで』と言った意味が、話を聞いた今、よくわかる。

結麻は首を振ってくれた。

「良いのです。私たちがあまりに過保護に育て過ぎたせいなのです。あの子が、子どもの命を奪うことにならなくて本当に良かった。あなたのお陰です」

「いえ、ほとんど赤子の時からそういう待遇で育てられたのであれば、あのような態度も……わからなくはないですから」

驚いたような結麻に、真汐は頷《うなず》いてみせる。

「間違ったことを違うと言ってもらえる環境にあることは幸せなことです。黒曜殿にはそれがなかった。それは彼だけの咎《とが》ではないでしょう？」

「あなたは、黒曜が嫌いではないのですか」

真汐は苦笑した。

「僕だって最初はなんて生意気で我が儘な人なんだろうと思いましたよ。でも自分に置き換えて想像してみれば、誰にも叱《しか》られず、傅《かしず》かれて我が儘を許されて育てば、こうなるのも仕方ないと思ったんです。叱って、理を諭せば、事の大事さを理解してくれて、反省もしてくれた。子どもにも謝ってくれた。彼は変わっていけます。僕は黒曜殿を信じている」

だから、と真汐は続ける。

「あなたも早々に自分を諦《あきら》めてはなりません」

結麻が目を瞠《みは》った。

「今、主《あるじ》が黒曜殿を、そしてあなたを助けんがために、村の方に協力を仰いでいます。人は変わっていける……祭も変えていけないはずがありません。言ったでしょう——僕たちは、鉄環だけを持ち帰るようなことは決してしませんと」

真汐は微笑む。

「でもそんな……そんなことが」

「できる、と僕は主に言ってもらいました」

真汐は断言する。

「村の方々も、変わろうとしてくださっています。どうか、変わることを、足掻《あが》くことを諦めないでください。僕たちはもう誰の命も失いたくはないのです」

「しかし……私は結麻なのです」

無意識だろう、鉄環を触っている。

生まれた時から鉄環と共に生き、鉄環が結麻の象徴だと言われてからは、名前さえ結麻となった女性。

「結麻殿は十二年で代替わりをするのでしょう。お役目は終わり、新しいあなたになる。もう鉄環に縛られる必要はなくなるのです」

弾《はじ》かれたように結麻は顔を上げた。

そんなことを言われたのは、おそらく初めてなのだろう。驚きすぎて口まで開いている。

「協力していただけますね」

声も出せず、頷く姿に、真汐は胸が熱くなるのを感じていた。

——きっと救う。

今度こそ。

七章　奉奠《ほうてん》

1

じゃり、と足の下で音がする。結麻の手に縋《すが》り、清月《きよつき》はひんやりとする夜の空気を肌に受けた。

目を閉じる。虫の声、どこからか聞こえるせせらぎ、そして風の音。

胸いっぱいに吸い込む。これほどに馨《かぐわ》しく、清涼な空気を嗅《か》いだことなどない気がした。

十二年という長きに亘《わた》って、隔離されてきたその風を総身に浴びて、五感のすべてが歓喜しているのを感じる。

瞼《まぶた》を開ければ――青白い月が昇ってこようとしていた。

「歩けますか」

結麻が気を遣ってくれる。日がな一日座るか、手水《ちょうず》に立つくらいしかない。食べたくとも、それほどの量は入らなかった。棒切れのような手足、子どものような背、白々とした肌、痩《や》せた身体《からだ》――だがそのすべてが水を含む綿のように、今ふっくらと新鮮な風を孕《はら》んでいく気がする。

「大事ない」

歩ける。草履の下の、ごつごつとした石の感触も、すぐに膝《ひざ》が折れ、倒れ込みそうになる、重心の不確かさにも。

――慣れてみせる。

「結麻」

「なんです」

改めて傍らの結麻を見る。初めて見る装束だが、知識はある。水干《すいかん》だろう。上は白、下は濃い紫の袴《はかま》。上衣には紫の藤丸紋が縫い取られていた。

後ろに結んだ髪には巫女《みこ》のように水引がついている。

「ついてきてくれないか」

結麻は目を瞠《みは》ったようだった。

「黒曜を生かし、お前も死なせない。この村で居づらいなら、私たちと一緒に村を出て暮らそう。私たちは三人でひとつなんだ」

五歳で風祝《ふうしゅく》になってから、ひたすらに勉強した。勉強をすることしかできなかった。

黒曜や結麻には手習いすら必要ないという姿勢のお役たちには、水面下で抗《あらが》ってきた。

この先の時代に必要なものは、知性だ。暴力でも理不尽でも不条理でもない。

そう思うからこそ、結麻にも黒曜にも教えられるだけのものを教えてきた。

――この先を、考えていたからこそ。

「この目で風を見、この足で歩く。誰にも妨げられない自由を、誰をも害さない日々を。作物を作り、黒曜と三人で、辛《つら》かった日々を笑える未来を」

結麻の目が潤《うる》んでいる。

「私の母には兄がいる。私たちの伯父だ。府下で行商をしているという。そこを頼ってもいいじゃないか」

「でも府下は広いと聞きますが」

「南辺《みなべ》田《だ》殿にお力添えをいただこう。伯父には母と同じく三つ黒子《ほくろ》があるそうだから、探す手掛かりにもなるだろう」

結麻は驚いた顔をした。

「どこに、黒子が」

確か足だ、と清月は言う。

「そう、ですか」

憂《うれ》いを帯びた顔が気にはなったが、結麻、と改めて声を掛けた。

「長い間世話になったが、出来ればこれからも、世話をしてはくれないか」

――結麻ももう、大切な身内だ。

「清月殿……」

「だから、大人しく死のうなんて思わないでくれ」

驚いた顔が自分を見る。

「私や黒曜を置いて死なないでくれ。二人とも村の外に出て生きていけるとはとても思えない。お前がいなかったらあっという間に野垂れ死ぬぞ」

結麻は涙を拭《ぬぐ》う。

「私など役には立ちませんよ」

「いや、お前が居ればきっと私たちは乗り越えられる。府下が嫌なら、一緒に結麻の故郷に行くのはどうだ。南辺田殿に伝手《つて》をお願いするのもいいだろう。金賛《かなさな》の息子の口利《くちき》きが出来るのなら、私たちに働き口を紹介してくれるのもわけはないだろう」

壮大な希望が、足元から広がっていく気がした。

「私は、皆が幸せになって欲しい。結麻が、黒曜が笑っている未来があることが、私の幸せなんだよ」

だから、と続ける。

「そのために、黒曜も結麻も決して殺させない。おまえたちがいない未来など、私はいらないのだから」

息があがる。こんな体で言うのも可笑《おか》しいがな、と自嘲《じちょう》する。

「生きるという覚悟だけがあればいい。あとはなんとでもなるものだろう。まずは今夜の祭を生き延びることだけ考えよう」

支えてくれる結麻のしっかりした手が、強く、握り返される。

その温かさこそを、幸せというのかもしれないと思った。

※　※　※

「オトナイサマ、こちらへ」

民江が南辺田廣章《こうしょう》を呼びに行ったのは、深夜と呼ぶにはまだ早い時間だった。二十二時少し前。

祭事は零時を過ぎてから行われる。

言われるがまま、彼は素直に後ろをついてくる。いったん外に出て、離れに向かっていた。そこに祭主たちもいるはずだった。

オトナイサマの祭事参加に許可が出たのは、長い歴史の中でも初めてだろう。龍《りゅう》屋敷のオトナイサマの居室には、金贅がお忍びで訪問していたというから、その狙《ねら》いは明白だ。

南辺田廣章の生家が伯爵《はくしゃく》家でなければ、そして彼が帝大で教えていなければ、決して許可などでなかったに違いない。

夜ではあるが、彼は律儀《りちぎ》に着帽している。そのせいで表情は見えなかった。

「龍屋敷は城か、藩邸のように広いのですね」

そう呟いたのは南辺田である。

「そういうものでしょうか。あいにく城も藩邸も存じませんで」

「明かりの多さがそう思わせたのかもしれません。まるで不夜城さながらです」

確かにあちらこちらにかがり火が焚《た》かれ、夜の中に光が咲いたような華やかさではある。

離れに着いて、扉を開こうとした時だった。

「民江さん」

不意に名を呼ばれた。

「なんでしょう」

「真汐《ましお》がいろいろとお世話になりました」

ようやく表情を見せた南辺田は柔和に微笑《ほほえ》んでいる。

「なんのことでしょう」

「言葉通りです。出来る限りの力を尽くします。私たちは鉄環《かなわ》だけを持ち帰るようなことは決してしません」

目の光の強さに打たれた。

何か言おうと思いながら、なぜか胸が詰まって出てこない。

姉やと呼ばれた時代から世話をしてきた。毎日、面倒を見てきた子たちだ。

その運命を、民江は知っている。解《わか》っていながら、それでも情が移るのを止められなかった。

祭の理不尽など百も承知だ。だがそれに声をあげて、抗って、変える自信など、寸毫《すんごう》もなかった。伝主の一喝で黙らされてきた日々——祭日が来なければと、どれほど祈っただろう。

だがオトナイサマを迎えて——何かが変わった。

「こんなオトナイサマは初めてです」

何をしているのかはわからない。だが真汐を南辺田の許《もと》へと給仕に向かわせたり、龍屋敷に入り込む不審者を見逃したりと、誰にも知られぬよう便宜を図った。

——あれは、旧臥龍《がりょう》神社時代の金賛家、五味の隠居だ。

民江は見ないふりをした。伝主や金賛はもちろん、お役方にも、多津にさえ、何も伝えなかった。

神罰が下ったものとし、山内真汐を事故に見せかけて殺すようにとの命もあった。

金賛も伝主も、山内真汐は賄《まかな》い方《かた》で処分すると思っているはずだ。

民江は敢《あ》えて、自分に任せるよう、賄い方に告げていた。

――積極的に手助けは出来ない。が、彼らの邪魔もまた、させない。

――南辺田は全《すべ》てを見透かしているかのようだ。

民江は深々と頭を下げた。

「どうか……お願いいたします」

賄い方頭として、相応《ふさわ》しい言葉だったとは言えない。それでも、諦《あきら》めと共に、何かを期待する自分もいる。

南辺田は離れの中に入っていく。

その背を見送って、民江はもう一度、頭を垂れた。

※　※　※

結麻は格子戸《こうしど》を開く。軽く帽子を上げて挨拶《あいさつ》をしているのは、南辺田廣章だった。

「遅くなりましたでしょうか」

結麻は首を振った。すぐさま立ち上がって南辺田の座へ案内する。

ここは潔斎のための仮小屋だ。通常なら結麻と風祝のみで使うのだという。

「良い斎衣でいらっしゃいます、清月殿」

南辺田が感嘆したように言う。

これは黒曜と同じ、祭主の斎衣であるらしい。深く沈んだ朱は、清月の色の白さを浮き彫りにするだけ、お世辞にも似合っているとは言い難かったが、

「風格というのは、体格や膚艶《はだつや》といった外見に由来するものではありません。おそらく威光、威厳と呼ばれるものの一端は、その心映えにあるものかと」

そう言われてみれば、清月の内面の清らかさが袍《ほう》を包んでいるような気がするから不思議だ。

「しかし本当に金賛が許可なさるとは思いませんでしたね」

清月が漏らす。正直、この場の誰もが無理だと思っていた——南辺田廣章の祭の見学許可のことである。

「金賛は下心があるから解るが……伝主まで認めなさるとは」

伝主がそれを認めたというのが確かに気にかかる。

「私も伝主様にお許しいただけるとはおもいませんでしたね」

南辺田の言葉に、結麻は物思いから我に返った。

伝主・宮沢真鶴《まなづる》。彼女がどういう人間なのか、何を考えているのかは、結麻にもわからない。おそらく皆が同じことを思っているだろう。オトナイ殿の主《あるじ》だという割に、オ

トナイ殿は民江に任せきりだった。近年では龍屋敷や、祈禱《きとう》と称して表にほとんど出てこないことが多かった。

その割に、金賛へも強い発言権を持つ。伝主の座にも長い。

「真汐殿の祭への参加が叶《かな》わず……申し訳ない」

頭を下げる清月に、顔をお上げください、と南辺田は穏やかに言った。

「ご尽力くださったことと承知しております。真汐は別の方法で皆さんへのご助勢が叶う策を模索しておりますので心配には及びません」

何か画策しているのだろうか。詳細を、結麻は知らされてはいない。

「それにしても、どうして南辺田殿も真汐殿も、ここまで我らにご尽力をくださるのでしょう」

南辺田は微笑んだ。

「実は私には蒐集《しゅうしゅう》しているものがありまして」

結麻はわずかに警戒する。

――帝大の臨時講師、ここには「鉄環のお役」として来ただけだと言っていなかったか。

警戒が伝わったのか、南辺田は苦笑する。

「別に身分を偽っていたわけではありませんよ。拙宅の『鉄環のお役』で罷《まか》り越しただけというのも本当です。ただ私は――奇《き》譚《たん》蒐集家なのです」

「奇譚？」

変わった話を蒐集しているのだという。

「なかでも、いわゆる『鬼』と呼ばれる者たちを探しています」

鬼――。

「それは『桃太郎』や『瓜子《うりこ》姫《ひめ》』に出てくるようなものですか。角のある？」

清月が訊《たず》ねる。南辺田は頷《うなず》いた。

「一般に流布《るふ》している民話や御伽噺《おとぎばなし》の中の大半の鬼は、それらが典型《モデル》であるだろうと言われています。何を以《もっ》て『鬼』とするかは人にもより、時代にもよりましょう。朝廷にまつろわぬ者たちを鬼とする時代もありましたし。しかし私は彼らが辿《たど》ったその過程を……いえ」

南辺田は少しだけ言い淀《よど》む。

「その鬼と呼ばれる者たちが、人と相違なく、自由に、幸せに暮らせるようにしたいのです。その道を模索したい。ゆえに、蒐《あつ》めている話がその手掛かりになればと」

「まるで実際に、この時代に本物の鬼がいるかのようですね」

清月の言葉に南辺田はただ微笑む。

「『鬼』という言葉はあくまでも便宜上のものです。彼らは『人鬼《ひとおに》』などではない。私たちとなんら変わることのない、ただの隣人なのです」

知らず、結麻は息をつめて話に聞き入っていた。南辺田の語りに惹《ひ》きこまれる自分がいる。

「彼らにまつわるお話はたくさんあるのですか」

数は多くありませんが、と南辺田は頷く。

「誰かを想《おも》い、誰かのために生きるひとつひとつの物語には、たくさんの愛《いとお》しさと、哀《かな》しさで満ちています。叶うならその哀しさを減らしたい、少しでも彼らの助けになりたい。真汐に手伝ってもらいながら、そのために私は全国を歩いているのです」

なんと、と感嘆の声は清月から。この話に興味をひかれているようだった。

「酔狂だとはよく言われます。その酔狂がたまたまこの祭に向いた。そう捉《とら》えてくださって結構です」

なぜ尽力してくれるのかの問いの答えだ。ただの酔狂であると、彼は謙遜《けんそん》して見せた。

思えばこの祭も村も奇譚と呼ぶには相応《ふさわ》しいのかもしれない。

ふと結麻は気づいた。

南辺田の手に、いつもあった洋杖《ステッキ》がない。特に気にすることでもないのかもしれないが、律儀に夜にもかかわらず帽子を被《かぶ》っている南辺田にしては、少し違和感があった。

もしかしたら、御頭あたりに持ち込みを制限されたのかもしれないが。

南辺田は目の前に置かれている冷めたお茶を見る。

「みなさん、お茶には」

全員が首を振った。もちろん手をつけていない。

祭が始まる直前に供されたものには注意しろと言ったのはほかならぬこの人だ。

「とうとう、始まってしまうのですね」

ぽつり、と清月が言った。清月は月下の道を通ってここまできた。十二年ぶりに外気に当たった清月は、立ったまましばらく月を仰いでいた。

濃紺の夜に、冴《さ》え冴《ざ》えと大きな月が、赤い袍を着た白い青年を照らしていた。

結麻はそれを見て胸が震えて仕方がなかった。こみ上げるものでいっぱいになった。

これが終われば——これさえ終われば。

「全員揃《そろ》って、必ず無事に戻りましょう」

全員が力強くうなずく。

部屋の四隅に燈《とも》された桃色の蠟燭《ろうそく》が、ゆっくりと短くなり始めていた。

2

真汐は静まり返った神饌《みけ》小屋の中に忍び込んでいた。

賄い方の監視があるものと思っていたが、なぜか今日は皆早く休むという。多津もまたぶっきらぼうに早く寝るようにと告げて、部屋に籠《こも》ってしまった。祭だというのに、他の賄い方も浮かれた様子はない。ただ哀しげな様子に見えた。

――今夜、奪われる命があると知ってのことだろうか。

だが、そのおかげで好きに動ける。

女子衆は今晩は全員引き払い、明日もまた早朝からくるそうだ。また大量の飯を炊《た》くという。並んだ竈《かまど》は三つ。物こそ言わねど、その大きさには圧倒される。神饌ゆえに人間とは同じ火を使わず、しかも祭の度に、新竈を拵《こしら》えているのだそうだ。

――一体だれがこれほどの飯を食うというのか。

もう一つ気になることがある。

上社の藤森は、鉄環は御柱祭《おんばしらさい》の翌日の朝、届けられると言っていた。

祭はこの深夜、御柱祭は明日の午《ひる》過ぎ――これまでと同様ならば、この村の人間が鉄環を運ぶのは、明後日《あさって》の朝である。

この時間の齟齬《そご》はいったいどういうことなのか。

歴代結麻たちはおそらく祭当夜のうちに亡《な》くなっている。ならばその鉄環はその直後――御柱祭の朝にでも届けられることは可能なはずだ。

なぜ一昼夜を措《お》く必要があるのか。

答えが出ないまま、ついに零時まで一刻を切った。真汐は立ち上がった。
外に出て見下ろす村は、しんと静まり返っている。明かりなどほとんどない。
――どこだ。
さらに近くの楠《くす》の木によじ登った。ここからは村の様子が一望できる。
真汐は目がいい。夜目はそれほど強くはないが、遠くまで見ることが出来る。
――いた。
動いている明かりが三つ。てんでバラバラな方角だ。だがその方がいい。
一気に木を滑り降りるなり、真汐は一目散にひた走る。
早く、少しでも早く。
――黒曜の許へ。

※　※　※

提灯《ちょうちん》の明かりは揺らめいている。赤い斎衣の片手に灯《あかり》、もう片手には三尺棒を持っていた。

額には藤蔓《ふじづる》の鉢巻きをし、顔には面布が下がっている。真っ白い晒《さらし》に描かれる一つ目。

明らかに異様な風体だが、祭夜における、これが黒曜の正装束である。

夜の村を徘徊《はいかい》する。

——ここのところ、外に出ない者が増えた。

規則《しきたり》を守る者どもが増えた。もちろん良いにこしたことはないが……棒を振り回す。

「物足りんのう」

外に便所のある家を中心に狙っていく。提灯を脇《わき》に置き、夜陰に紛れてそっと近づく。

案の定、家の中から出てくる人影があった。子どもの声がする。

「ほら、急いで行きなさい」

小声が聞こえてくる。足音を殺して、黒曜はそっと近づく。

手水に向かった子どもを外で待っているのは父親だ。

——これは叩《たた》き甲斐《がい》がある。

影に向かって足を早める。興奮する。呼吸が荒くなる。

昔は真似《まね》事《ごと》だけだったというが、今は違う。当ててもいい。むしろ、当てた方が臨場感を増す。

それだけ、暴威を依《よ》り憑《つ》けた依《よ》り代《しろ》が脅威であることを知らしめられるからだ。

気づいた父親がひっと声をあげた。面布の陰で思わず笑いがこみ上げた。

「や、やめろー！」

勢いをつけて振り下ろした三尺棒が、不意に右に逸《そ》れる。何かが弾《はじ》いた。

風が動く。何かが動いている。

面布に空いた覗《のぞ》き穴では埒《らち》が明かない。布をむしり取る。暗がりに、顔は見えないはずだ。

「黒曜殿ではありませんね」

誰かの声がした。聞き覚えのある……この声は。

「ならばどうした！　なぜおまえがここにいる！」

「遠慮は無用ということです」

構えた瞬間、鳩尾《みずおち》に何かがめり込んだ。

がはっと胃液を吐いて、その場にうずくまる。びり、と右袖《みぎそで》で音がした。

体が痙攣《けいれん》する。顔をあげると、数人が集まっていた。

真ん中にいるのは、ひときわ背の高い男――山内真汐だ。

「おまえ……こんなことをしてただで済むと」

「ただで済まなければなんだというのです、弐位殿」

誰かが拾ってきた提灯を掲げた。光源に顔を照らされて思わず背けた。

「黒曜殿ではないではないか！」

「や、夜間の外出は禁じられている！　それを守らぬほうが悪かろう！」

誰かの声に、思わず抗弁する。山内が呆《あき》れたように言う。

「家の敷地内の便所でさえ、ままならぬとは。そんな規則などどうかしています」

「黙れ黙れ余所者《よそもの》が！」

あっというまに体を拘束された。

「後はお願いします」

山内真汐は何かを胸元に押し込んで、その場を立ち去った。

喚《わめ》いている自分の声が大きすぎて、何事か呟《つぶや》いた山内の言葉は聞き逸《はぐ》ったままだった。


「あと……二人」

※　※　※

黒曜の扮装《ふんそう》をしているお役は、上位三人。壱位から参位までだ。参位はこっそりと笑った。

金賛をはじめ、お役は代々世襲制である。

伝主もそうだ。祭主だけが、水卜《みずうら》で決められる。だがその水卜さえ、ここ五十年ばかり、古式に則《のっと》って実施しているという話は聞かない。

誰もが避けたいその祭主も、十二年前はまさかの希望者が現れることになったが。

我が子ではあるが、邪魔な継子となることを危惧《きぐ》して、兄弟が差し出された。実の父親にだ。

——稀《まれ》にあることだ。

珍しいことではない。食うに困ったり、継子だったりしたものは差し出されやすい。

元々村外の女を見初めた自分を恥じて——というより、親族の反対や周囲の者の軋轢《あつれき》に嫌気がさしたのだろう、肝心の妻が病に伏したのを契機に、祭主にしたいとの内々の申し出を、金賛は快く承《う》けていた。

この祭は、このように村の役に立っているのだ。疾《やま》しいものではない。村のためになっている。

お役の中でも、この仕事は報酬が高い部類に入るだろう。祭の度に金子が貯《た》まる。自ら露見させる者などいないが、一度やるとやみつきになる。

なにせ、公然と暴力をふるうことが出来るのだ。こんな機会はどこにもない。

参位の目的は、かつての金賛職である五味一族だった。もともと気に食わないやつらではある。が、直接の原因は二年前に手籠《てご》めにしようとして辛くも難を逃れた五味家の子どもだ。あの時の母親と五味の爺《じじい》に一泡吹かせたいと思っていたからだ。

参位は三尺棒を扱《しご》いた。既に提灯は外に捨てている。明かりは目くらましだ。真の打《ちょう》擲《ちゃく》棒である。武芸に秀《ひい》でた壱位のみ、真剣を持つことが許されている。十二年に一度の神刀、あれならば苦しまずに殺してやれるが、むしろ苦しむ様を長く見るのも悪くない。

参位はぞくぞくする快感を止められない。

「俺に、恥をかかせやがって」

大人しくしておれば、あの子どもも、儂《わし》の稚児くらいにはしてやったものを。

利発そうな男児だった。つまり好みだったのだ。家人の留守を狙って、子どもに襲い掛かったところを、たまたま通りかかった五味の爺に気づかれた。子どもは爺の姪《めい》の息子、大声を出され、人が集まり、子どもは逃げ出して親に助けを求めた。母親は半狂乱になり、五味の爺は老体のくせに参位を打ち据えた。そのためしばらくの間の逼塞《ひっそく》を余儀なくされたのだ。

――お役までもが取り上げられそうになったが、なんとしても死守すべく各方面に鼻薬を嗅がせてきた。

そう、すべては今日のこの日のために。

「今度こそ逃げられんよう、手足を折ってから爺の前で手籠めにしてやる……！」

興奮のよだれを拭って、参位は村の外れへと向かう。

しん、と静まった五味家の敷地に踏み込む。外にでるな、などまだ甘い。

——黒曜の糞餓鬼《くそがき》程度に制御できる神威なぞあるものか。

三尺棒を振り回し、目についた鳥小屋を一撃で破壊する。鶏のけたたましい鳴き声と羽音が溢《あふ》れかえった。

すべて荒ぶる神の所業だ。誰にも文句など言わせない。

「次は家の中だ」

舌なめずりをして三尺棒を再び構える。

その時だった。

「やはり来たな」

五味の爺だ。手に心張り棒を構えている。予測していたというのか。

しかし参位はにんまりと笑う。人に声を聴かれない限り、今この身は黒曜である。

歯向かうは神への反逆。粛清は正義だ。

あの世へ送ってやる、とばかりに走り出したその足に、突如縄が絡《から》まった。そのまま樹《き》の枝に吊《つ》り上げられる。

罠《わな》だ。おそらく誘導された。

「くそ、お前……お前ら」

湧《わ》いて出てくる黒い影。近隣の男衆だ。

「おまえら、儂にこんなことをしてただで済むと思うなよ！」

「お前こそ、いつまでも俺たちが黙っていると思うなよ！」

若衆が声を荒らげる。うちの数人が近寄り、両腕を後ろ手に縛られた。その際、なぜか右袖を切り取られた。

早く届けろ、と誰かの声がした。

参位はふと不安になった。

——なぜ、こいつらは夜間にこれほど集まっている。

民の集合——それは『障《さわ》り風』の起因となったもの。

龍屋敷が危惧する、最も忌避したい事態だ。

祭の夜に外に出ていた者は、黒曜に粛清されても泣き寝入りをするのが通例だ。『障り風』以降、龍屋敷の決定は絶対だった。逆らう者などただの一人もいなかった。

『障り風の暴《あた》れ』を起こしたのは、暴威を憑けた風祝ではない。臥龍洞に入った生き残りの若者だ。

彼は時の金賛に脅されていた。

——死んだ二人のようになりたくなくば、集合する村の衆に神罰を下せ、と。

彼は風祝として人々を粛清し、洞に逃げ込んで助命された。代わりに殺されたのは、足腰の萎えた風祝その人だったという。

冷静に考えれば、十二年もの長きに亘って押し込められていた風祝が、神に憑かれたからといって屈強な成人を何人も殺して回れるはずがない。だがそれを指摘する者はいなかった。恐怖の効果が、人の口を噤《つぐ》ませたのだ。

汚れ仕事をすることで、その家を取り立てる——参位の家が続いているのはそのためである。

そうやって村の衆から抵抗する牙《きば》を奪っていった。恐怖を植え付けてきたはずだったのに。

「なぜだ……」

ここまで、従順に従ってきたものを。

頭をよぎるのは、入り込んできた来訪神。招かれざる客。

「おまえたち、このままで済むと思うなよ！　儂を下ろせ！　下ろすのだ！」

自重で揺れながら、下ろせ！　と叫ぶ。

だが近づいてくるものは誰もいなかった。

※　※　※

真汐は走っていた。五味平蔵は心当たりがあるからと三人のうちのひとりを引き受けてくれた。弐位も斃《たお》した。だが。

――真剣を持つ、壱位がまだだ。

提灯は囮《おとり》だ。暗がりから出てくる可能性も頭に入れねばならない。

「真汐さん！」

村の衆が小声で手招きしてくれる。

「北の一町先に、黒曜殿が」

承知しました、と頭を下げる。五味の扇動のお陰か、怯《おび》えながらも、若者を中心に協力者が集まった。真汐が子どもを救ったり、黒曜を殴ったりした話が広まっているせいだと五味は笑っていたが。

力を貸してくれる――変わろうとしてくれている。それが嬉《うれ》しい。力を得て再び速度をあげようとした、その時だった。

目の端に動くものを捕らえた一瞬――閃《ひらめ》く光に、真汐は飛び退《すさ》った。

「見掛け倒しじゃないようだな」

すでに面布は剝《は》ぎ取られている。

「壱位殿……」

「他所者《よそもの》が、土足でこうも踏み荒らしてくるとはな」

「……暴力と蹂躙《じゅうりん》を看過できないだけです」

一打が重い。真汐が掲げたのは廣章の杖だが、これが軽いものであったなら、受けることも困難だったかもしれない。

三度目を受け切り、四度目の動きに入った瞬間に、真汐は足払いをかける。不意をつかれて転倒しかけた壱位は、すぐに体勢を整え、鳩尾に柄で一打を食らわせてきた。

真汐はとっさに半身で躱《かわ》す。即座に一閃《いっせん》。ぞっとする暇もあらばこそ、間髪入れず、連続で刺しにかかってくる。

壱位の身体の使い方から、元は武芸者だろうと目星をつけた。

更に二度躱して、真汐は飛んだ。構えたところに手に持った砂を撒《ま》く。

「おのれ、卑怯《ひきょう》だぞ！」

目に細かい砂を受ければそう言いたくもなるだろう。真汐は返事などせず、壱位の右袖を切り裂いた。

すぐに踵《きびす》を返す。追いかけてくるだろう壱位の気配を感じつつ、脱兎《だっと》のごとく駆け出した。

3

清月は目を開ける。目が痛い。頭も痛い。

鼻先に触れるのは面布、薄い紫の紗《しゃ》で織られたそれは四角い形で顔の輪郭を隠しているが、向こう側が見えないほどの緻密《ちみつ》さではない。

腕が動かせないことに気づいた。後ろ手で縛られている。座らされているのは一段高くなっている石の台で、なぜか手は支柱に括《くく》りつけられていた。

あたりをうかがう。

対面には南辺田がいた。こちらは背もたれのある椅子《いす》に拘束されているが、面布は付けられていない。首をうなだれている。まだ気づいていないようだ。

清月は軽く頭を振った。鈍く痛い。おそらく薬の類《たぐい》だろう。飲み物や食べ物には気をつけていたのに。いつのまに盛られていたのか。

ここはどこだろう。周囲を見回した。大きな空間だった。さきほどから何かざわざわした音がひっきりなしに聞こえる。同時にどこからか……何かが爆《は》ぜるような音や人のざわめきも聞こえてくる。

上を向く。おそらくここは臥龍洞の中だろう。だがなぜ上空を遮るかのように巨大な布が下りているのか。空気が——風が降りてくるのか。なぜこれほどこの空間は暖かいのか。

清月殿、と声がした。声のほうに顔を向けると同じような支柱に誰かが座らされている。

結麻だった。起きている。

「大事ないですか」

清月は頷く。頭痛も我慢できないほどではない。

「一体なにが」

「おや、お気がつかれましたかな」

現れたのは金賛である。こちらは白と金の狩衣《かりぎぬ》姿――見れば背後に巫女《みこ》姿の伝主、肆《し》位《い》、伍位《ごい》、陸位《ろくい》を従えている。

参位以上の御頭《おんとう》たちはどこに行ったのか。

――そして、黒曜がなぜここにいないのか。

清月は何度も周囲を見回す。眼前に居る人間は多くない。なのに人の動く気配がする。この場から見えないことも気になる。

「お役方、場の移動をお願いしますね」

支柱の拘束を外される。さらに一段高い洞の岩の上に座らされた。石を彫ったのだろうか、そこは石で作った川床のような舞台で、彼らが立っている洞からは半丈《一・五メートル》程の高さがある。後ろには彼らのための足場はあったが、舞台からは逃げ場はない。

「そこは風祝・清月の座。終わったら下ろしてさしあげよう。楽しまれるが良い」

結麻から離される。ただし高い位置に据えられたことで場内が見渡せた。

途端に絶句する。

金賛らが集まっているのはおそらく入口付近だろう。洞の中は奥深く掘られていて、おそらく二層になっている。上層部分の、更に高いところに自分が座っている。途中から大きくえぐれたような下層階では、十人ほどの屈強な男たちが動いていた。上半身は裸だ。

真ん中に据えられたのは巨大な鞴《ふいご》。眩《まばゆ》い炎、真っ赤に煮えた炉の中が見える。

文字で読んだことしかないが、これは。

「踏鞴場《たたらば》でしたか」

はっとして隣を見る。清月の隣に座らされたのは南辺田だ。運ばれている間に気が付いたのだろう。

「おそらくですが……薬が蠟燭に仕込まれていたのやもしれません。迂闊《うかつ》でした」

清月は首を振る。あの場では誰も気づけなくとも仕方がなかっただろう。

「しかし臥龍洞内部がこれだけの人数を収容し、稼働《かどう》させる踏鞴だったとは……！」

高さは優に三丈《約一〇メートル》以上。しかも上から風が下りてくる。互い違いになった天井で、空そのものは見えないが、大きな吹き抜けのような構造だ。

上空からも左右からも風が通る。幾枚もの大きな布を張り、吹く風を効率的に炉に送り込める仕掛けだ。洞全体を利用した、天然の鞴か。

「おそらく巨大な岩を動かすことが出来るのも、大量の御供米が消えうせるのも納得できます。昼夜をわかたずこれだけの人数が働いているのであれば……」

　理由は明白である。

「しかしなぜ、こんなところに踏鞴場が……この人たちは」

「十二年に一度だけ稼働する炉、風の神の加護をもつ鞴です。もちろん、この鉄鐸《さなぎ》もここで生まれたものなのですよ、南辺田殿」

ガシャ、と音が鳴る。現れたのは金賛。彼の持つ杖の先に、鉄鐸が六つ結わえられていた。

「そうですね。金賛、という言葉を聞いた時に、気づくべきでした」

ほう、と金賛が片眉《かたまゆ》を上げる。

「サナとは核《さね》の転訛《てんか》、すなわち果物の種を指します。外皮を金、つまり金属で纏《まと》った核とは、つまり鉄の鐸《さなぎ》のこと。それを最高位の役名にしているのであれば、少なくとも鉄関係に縁のある神職である可能性が高い」

　金賛が手を叩く。

「載籍浩瀚《さいせきこうかん》という言葉を人の姿にしたかのようですな。なんとも素晴らしい」

「では拘束を解いてもらえませんか、金賛殿」

　残念ながらと金賛は苦笑した。

「あなたには危害は加えません。ですが、邪魔をされるのも困ります。大事な十二年に一度の儀式なので。あなたには共犯者になっていただく」

何を、という南辺田の声をかき消すように、追い詰めたり！　との大音声《だいおんじょう》が上がった。

入口に立つ影。よろよろとこちらに近づいてくるのは、朱色の斎衣。白い面布をつけたあれは——間違いなく黒曜だ。

手に刀を持っている。

「黒曜！」

「足取りがおかしい。まるで薬を嗅《か》がされた直後のようです」

南辺田の声に、清月は再度名を叫ぶ。

残ったお役たちが黒曜を抱きかかえるようにして捕まえた。先ほどまで清月が拘束されていた支柱、結麻の隣の台座に黒曜を座らせた。面布を外させる。

まぎれもなく、それは黒曜だった。

「黒曜！」

隣で結麻が叫んだ。その声に、黒曜は目を開けた。

「ゆ、いま」

しっかりなさいまし、と結麻はほっとしたように声を詰まらせている。

入口で大音声を張り上げたのは壱位である。羽織姿の正装だが、なぜか肩で息をしており、片眼が開いていなかった。

金贄が睨《ね》めつけている。

「その体たらくはなんだ。他のお役はどうした」

「――邪魔が入ったのです」

壱位は真剣を渡した。柄を握って金贄はその刀身を検分する。血のりはない。何も斬《き》れなんだのか、と呆れた声を出した。

「そこのオトナイサマの書生に邪魔をされたのです」

「なんだと？」

金贄は南辺田を睨《にら》み、おもむろに民江！　と声を張り上げた。なぜか民江がこの場にいた。賄い方の頭であるためだろうか。初めて見る民江の巫女装束である。

「賄い方には山内真汐の外出禁止を言い渡していたはずだぞ！　どうなっておる！」

民江は無言で頭を垂れる。南辺田が穏やかに言い添えた。

「暗がりですし、見間違うこともありましょう。果たして本当にそれは当家の書生でしたでしょうか」

ぬけぬけと、と壱位が南辺田を睨めつけるが、彼は澄ました顔をしている。

「もうよい！」

壱位に構わず、金贄は大仰に手をあげた。おそらくしびれを切らしたのだろう。

「風祝が長きに亘《わた》り押さえてきた神の暴威が、黒曜殿に依り憑き、暴れて回ったところをこのお役方がこちらへと追い立ててくだされた」

　金賛が声を張る。

「さて祭主も一堂にうち揃い、これより暴威の神もろともに天へとお返しする、風鎮祭の儀を執り行う！」

　御杖《みつえ》をその場にひと打ちする。ガシャン、と鉄鐸が鳴いた。

　御頭のひとりがそれを見て合図を送ったのか、炉の炎がここぞとばかりに大きく膨れ上がるのがみえた。四方に舌を伸ばしたその炎と同じく、踏鞴衆が全員で唸《うな》り声をあげている。

　意味のある言葉ではない。ただ大きく声を出していて、それはまるで――。

「まるで、鬨《とき》の声のようです」

　南辺田が眉間《みけん》に皺《しわ》を寄せて、踏鞴衆を見ていた。

　入口から一陣の風が音を立てて吹き抜けていき、金賛が再度、御杖の鉄鐸を打ち鳴らした。

――風鎮祭が、始まった。

4

金賛は四方に一礼をする。

黒曜を立ち上がらせ、上体を支えていた民江が右側に退き、伝主が左手を取って支柱に結わえている。その時、一瞬侮蔑《ぶべつ》するような眼をしたのを金賛は見逃していない。あれほど寵愛《ちょうあい》していたものを――この執着の化け物に嫌われたのが運のつきだろう。伝主・宮沢真鶴が、十三になった黒曜を手籠めにしたことを知らない金賛ではなかったし、今回の結麻にはたまたま食指が動かなかっただけで同じことを歴代結麻にしてきた自分もまた同じ穴の貉《むじな》だとわかっている。伝主は折々の賂《まいない》を欠かさなかったし、元は自分の愛妾《あいしょう》だ。取り立てて問題にしたこともない。

ただ此度《こたび》の黒曜に関しては、少々入れあげが過ぎていたようにも思う。さすがに三十《みそ》路《じ》も半ばを過ぎ、次の黒曜が育つまでの一人寝に耐え切れなくなったのか、あるいは執着するだけのものが今の黒曜にあったのかは知らないが。

『祭事の際、清月と黒曜を入れ替えてくださいませ』

少し前から賂の量が増えた。次代の金賛も継続なされればよろしい、御支えしますと甜《てん》言《げん》を弄《ろう》してきたのに、土壇場《どたんば》でやはり身代わり劇は取り消すという。

——この期《ご》に及んで痴話《ちわ》喧嘩《げんか》でもしたか。

挙句、黒曜自ら自分のところにやってきた。すわ命乞《いのちご》いかと身構えたが、祭後の結麻の行く末を教えろと言ってきたのには驚いた。

『結麻は故郷に帰ると聞いておらなんだか』

『伝主はそうは言っていなかった！』

珍しく食い下がった黒曜の顔は必死だった。教えるもなにも直《じき》に解る、と言い置いてそれきりだったが。

結麻の末路を見るより先に、自身が死ぬだろう。いや、今際《いまわ》のきわに、結麻の首が飛ぶのが見られるか。

下層を見下ろせる上層には注連《しめ》を張り、黒曜と結麻を結わえる支柱の隣には祭壇を設け、御供を供えている。白絹の布帛《ふはく》、米や酒、魚。その御供の並ぶ中央には朱塗りの首置きが二つあった。

どちらも今はまだ、空だ。片方の首置きの脇には、真っ黒になった黒曜の鉄鐸が置いてある。

「さあ結麻殿」

結麻の戒めが解かれ、金賛の手から真剣が握らされる。身体《からだ》の自由の利《き》かない結麻を介助するために、背後に片目を瞑《つむ》ったままの壱位が立った。しっかりと結麻の手を自分の手で包んで、刃《やいば》の先は黒曜へと向いている。

「これは黒曜の真剣を壱位殿が奪い取ったもの……神の暴威は今回も罪なき村人を手に掛けた……暴威の神をこのままにしておけぬのはわかるだろう」

定型文に、南辺田がいい縋《すが》る。

「お待ちください。誰も手にかけていないと、金賛殿がさきほど仰《おっしゃ》ったのでは？」

「よそ者が口出しをするものではない」

一言の下に一蹴《いっしゅう》し、金賛は顎《あご》で壱位に指示をする。彼は頷いた。

目の前の黒曜は呆然《ぼうぜん》としたまま、結麻を見つめている。

金賛は祝詞《のりと》を挙げる。

「結麻、待て、止《や》めてくれ、結麻！」

舞台の上から叫ぶ清月の声は届いているのだろうか。

金賛は挙げ終えた祝詞を畳み、一同を振り返る。清月は必死に目を開いていた。

——目の前で、実弟が結麻に刺し殺される様を見るがいい。

歴代清月は、殺人に加担した罪の意識から、この洞穴内のことを他言してはこなかったらしい。こちらが特段脅したわけでもない。口外すれば、子々孫々、縁の者たちが清月に、黒曜になることがわかっているからだ。

「風祝・清月殿。長きに渡る風祝としてのお役に敬意を。今日これにて、お役解《ほど》きとなり、風祝は次の選定までこの臥龍洞の中にお休みいただく」

　金賛は顔を戻す。杖を鳴らした。ガシャガシャと鉄鐸が鳴る。

「遠部《おんべ》・黒曜殿。同じく長きに渡る遠部のお役、風祝の耳目としてのお勤めに感謝申し上げる。暴威とともに眠りに就かれませ」

「待て、待ってくれ結麻！」

　必死な清月の声を、敢えて打ち消すべく、金賛は声を張り上げた。

「さあ結麻殿、これはあなたのお役ですぞ。人を手に掛けし神を、天上へお戻しなされませい」

　結麻もまた、目を開けるのがやっとのあり様だが問題はない。壱位は確実に黒曜を刺し殺してくれるだろう。

　此度の黒曜に関しては問題がないが、通常、黒曜には家族がいるものだ。祭主になどしたくなかった家族らは、黒曜殿を殺した者を憎み、恨み、隙《すき》あらば無念を晴らそうとするだろう。

　だが、その相手が結麻ならどうか。

　結麻はそもそも風祝の『威光』、人ではない。

　引退した清月が率先して喋《しゃべ》ることはないとはいえ、どこから漏れても良いように、黒曜を殺すのは結麻であると決まっていた。

その結麻も、返す刀で壱位に首を刎《は》ねられる。祭の後、二人はどこにもいない。結麻は故郷に帰り、黒曜は文字通り神となったのだと諦《あきら》めるより他にない。

此度も恙《つつが》なく終わると、金賛は唇をつりあげる。

黒曜は首をうなだれている。あれは気を失ったのだろうか。隣に立つ伝主が冷ややかにそれを見下ろしていた。

抵抗など出来るものではない。

十二年に一度、この殺人舞台を見ることが、何より最大の娯楽であった。

首は供え、身体は――今年も良い鉄が出来るといいが。

そう考えていた時だった。

「お待ちください！」

突如、入口に、人の気配がした。

※　※　※

真汐は大きく息を吐いて、その洞の入り口から中に入った。洞の前を固めていたお役の縁者らしき護衛は、村の衆が協力して拘束してくれた。

光源もないのに明るい洞内を怪しんだのもつかの間、下層部分からたくさんの光源が漏れており、岩肌には無数の光苔《ひかりごけ》まで張り付いていた。

背後からどよめきが起こる。

「皆さん、行きましょう」

怖気《おじけ》づく人々を鼓舞し、真汐は中に踏み入っていく。

「神聖な洞内を、なんだと心得る山内真汐！　儀式を土足で踏みにじるとは！」

「お黙りなさい」

真汐は叫ぶ。

「その黒曜殿は、無実です」

全員が動きを止める。

真汐は中央へと進み出た。

「僕は村に放たれた黒曜殿を追っていました。黒曜殿は三人いました。皆さん」

真汐の背後から、黒曜の衣装を着た弐位と参位がひきずりだされた。

「三人……そのうちの一人が黒曜だろう！」

「違います」

真汐は胸元から赤い袖を取り出し、その場にばら撒いた。三枚の袖がひらひらと落ちる。

「会敵した際、僕は彼らの右袖を落としました。この二枚はこの二人のお役のもの、ではもう一枚は誰のものですか！」

　全員が黒曜を見る。彼の右袖はそのままの形で傷ひとつなかった。

「本物の黒曜殿は村を徘徊などしていません。僕が会ったのは壱位殿。その羽織を脱いで、袖を見せてはいただけませんか。あるいはもう既に着替えられましたでしょうか？」

　壱位は剣呑《けんのん》さを隠しもせず、真汐を睨んでいる。その手にはさっきまで結麻に持たせていた抜き身の刀があった。まだ構えてはいない。

「村に放たれた黒曜殿は面布をつけていたただの偽物《にせもの》……黒曜殿と思わせた彼らが村人に無体を働く。それをさせたのは神の暴威のせいだとでも？　ならばこちらのお役方をこそ粛清なさいませ」

　真汐の後ろからは平蔵が進み出る。

「いつまでも良いように蹂躙され続けている馬鹿《ばか》どもと、主らは思っておったかもしれんがな。『障り風』以来萎縮《いしゅく》しておった者たちも……いい加減、堪忍袋《かんにんぶくろ》の緒も切れるというものよ」

　平蔵は村の各戸を叩いて回った。やゑをはじめ、若い者たちが大勢手を挙げてくれた。

　また率先してくれたのは平蔵の姪ら、五味一族だったという。

「煙たがられていたと思っておったが、かつての金賛家の矜持《きょうじ》を、姪たちもまだ持っておったのよ」

　今の金賛ら、神職の専横に憤懣《ふんまん》が溜《た》まっていたのだろう。思った以上に人が集まってくれたという。

「——皆、機会を待っていたのだな」

「子どもらにはもう、こんな心配をさせたくはありません」

　乳飲み子を背負ったやゑが微笑《ほほえ》む。

「私たちだけじゃないですよ。ご覧なさい、あれを」

　指さした方向、臥龍洞の向こうに、松明《たいまつ》の明かりが見える。

「藤の墓所からも、人が集まってきておるんだ」

　真汐は目がいい。鞴や踏鞴を目《ま》の当《あ》たりにして驚く村人の姿がはっきりと見えていた。

「墓所からの巨岩は、おそらくその下層の踏鞴衆が開けて、踏鞴衆が閉めていくのだろうが、風を通すために今は開きっぱなしだ。鳴子さえ切れば、誰でも自由に行き来できるというものだ」

「見張りの衆は捕らえたぞ、金賛！　もう鳴子も鳴らん」

「何が神の暴威よ……こうやって黒曜殿に悪事のぬれぎぬを着せてきたのね！」

　村人が金賛を睨みつけている。村の女性が叫ぶ。

「私の兄も前代の黒曜殿だった……兄を返して！」

そうだそうだ、と声が上がる。

「金賛よ……もはや仕舞いじゃで」

平蔵の声に、金賛が歯をむき出しにする。

「黙れ五味！　おまえに糾弾されるいわれはないわ！　これは惟新公《いしんこう》ご遺言の祭であるのだぞ！」

金賛の言葉に、平蔵は笑った。

「惟新公？　はて、それはどなたのことじゃったろうのう」

憤怒《ふんぬ》の形相で睨みつける壱位と金賛の脇を通り過ぎ、真汐は舞台に駆け上がると、清月と廣章の戒めを断ち切った。清月は自ら面布を剥ぎ取る。

「つまり戦国の昔……惟新公と彼らがここを作り、密《ひそ》かに力を蓄えていた——ここはその証拠なのですね」

廣章が手首を摩《さす》りながら立ち上がる。

「廣章さま」

「大事ありません」

主は頷《うなず》いて、真汐の手を借りて舞台を下りる。

端緒は戦国時代にまで遡《さかのぼ》るという。当時から無類の戦上手として名を残してきた惟新公こと島津義弘《よしひろ》——彼が元々縁のあったこの地に立ち寄ったことがすべての始まりだと主《あるじ》は言った。

「元をただせば惟宗忠久《これむねのただひさ》——島津氏初代が懇意にしていた諏訪社の帰りにこの村で怪我《けが》の治療をしたことがすべての発端。彼が永年安堵《あんど》を授けた由緒《ゆいしょ》あるこの村は、薩摩にとっても縁のあるところとなったのでしょう」

　そして惟新公の代になって、彼が臥龍洞を見初めた。天賦《てんぷ》の戦上手に閃いた妙案は、まさしくここを天然の鞴《ふいご》、踏鞴《たたら》にすることだった。

「元々諏訪は鉄に縁《ゆかり》の地——葦《あし》に付着する褐鉄鉱により、低温焼成でいち早く鉄を産出していたところだと聞いています」

　風を神とするは鞴の重要性、すなわち鉄をつくるために必要不可欠なものであったからとする説もある。

「『明神は藤の枝を、守屋大臣《だいじん》は鉄鎰《かぎ》を持って戦い、明神が勝利した』——藤の枝とは砂鉄を取るための効率の良い道具だったとされています。清月殿に見せていただいた書付の中にありました。元々鉄には縁の地、惟新公はわずか数人の部下を率いてたった数日でこの恐るべき空間を作り上げ、そののち結麻殿をお役に追加した、と」

「数人で数日で……この空間を、ですか」

「天井もですよ」

　真汐は天を仰ぐ。

「互い違いに配置した天蓋《てんがい》は、布で道を作れば天然の巨大な鞴の役目を果たします。上からののぞき見にも対応しているのでしょう。この洞内で祭の時期だけ稼働する踏鞴場こそ、誰にも嗅《か》ぎつけられてはならない秘密だったのではないでしょうか」

　金賛の顔は蒼白《そうはく》になっていた。

「伝説と言ってしまえばそれまでですが、彼らには恐るべき異能の部下が居たとも伝わっています。事実、ここを作り上げたであろうことを考えれば可能だったとしか」

「異能の」

たった数日で人には不可能な工事などが出来る異能の力――。

　真汐ははっと顔をあげる。

　廣章は頷いた。

「人鬼《かれら》ならば、それも可能でしょう」

　廣章は囁き、再び声を張る。

「惟新公の作り上げたこの踏鞴場は、新しい鉄の民としての矜持を持たせ、大いにこの地の人々の意気を軒昂《けんこう》したことでしょう。しかし時世は太閤《たいこう》時代を迎え――そののち徳川の御代《みよ》となった。秘密裏にこのような場を作っていたと知れたらこの地だけにとどまらず、国許《くにもと》にも危機が及ぶは必定。懸念《けねん》した惟新公は、折角稼働させたこの場所を封じる決意をなさった。いずれ公《おおやけ》に稼働させられる日まで、神事という隠れ蓑《みの》によって秘匿《ひとく》することを」

薩摩から結麻というお目付け役までを連れてきて――。

「お目付け役、ですか」

「そうです。もともとは村の女性を数十人、薩摩に伴って帰り、生まれた子を結麻として村に戻す。そういう仕組みだったようですね」

ど、どこからそれを、と金賛が掠《かす》れた声を出した。結麻がはっとしたように顔を上げるのが見えた。

「ここにあった文献から推察させていただきました。結麻殿とは薩摩とこの村との約定、その証《あかし》であると」

オトナイサマとして龍屋敷に籠《こも》っている間、清月から拝借した文献を読破して過ごしたという。

「結麻殿をただで送るはずもない。おそらく金子も渡っているはず。あなたがたはそれを祭のために使いましたか？　それとも着服なさいましたか」

飢饉《ききん》で食うや食わずの村人にまで供出の御供米を要求してきた者たちだ。言わずもがなだろう。

「踏鞴衆に金はかかるだろう！」

「金子はおそらく御供米などの供出がなくとも十分に賄《まかな》えるだけのものがあったはず。

それにこちらの踏鞴衆は、薩摩ゆかりの方々では？　ならば経費はかかりません。お訊《たず》ねしてきましょうか？　ご出身はどちらですかと」

　金賛は笑う。

「聞いてみるがいい。彼らは何も喋らん！　舌を切られておるからな！　人語でない譫《うわ》言《ごと》を喋るただの職人だ。儀式に一切の興味も持たず、ただただ鉄を鍛え、終われば帰ってゆくだけの化け物よ！」

　廣章は悲痛な顔をしたが、首を振った。

「彼らは化け物などではありません。意思疎《そ》通《つう》は喋ることだけが手段でもない。やり方はいくらでもあります」

「そんなことさせるものか！」

　廣章は目を伏せる。

「十二年も外に出さず打擲する神の化身。極端な神事で狂信的な祭事を演じることは、元はただ、この巨大な踏鞴場を隠すための隠れ蓑なだけだったはず。なのに次第にそれが逆転していったのでしょう」

　神事を重んじ、踏鞴場は十二年に一度稼働するだけとなった。人々の憤懣を押さえ、大人しく御供米を供出させるために、その暴威の依り代となる人の贄《にえ》――黒曜を創出し、恐怖と不安を煽《あお》ったのだ。

「踏鞴場が公に稼働する日など来はしなかった。しかし勝手な鉄器の製造が時の政府に知られたらどんなお咎《とが》めを受けるか。薩摩とこの村は諸刃《もろは》の剣――ゆえに、薩摩も一方的に村を切ることが出来ず、村も、薩摩の金子に頼る以外の生き残りを見いだせなかったのでしょう」

　金賛はもう言葉もない。

「惟新公も、決して無体なことを望んではいなかったはずです。鉄環《かなわ》――それがいつ、どのように出来たかはわかりません。が、鉄環を戻せ、という言葉を文字通りそのまま受け取ってしまった時代があったのだと、私はそう思っています」

『鉄環を戻せ』とは、本来この地の産鉄の出来如何《いかん》を問う言葉。また踏鞴の稼働を確かめるため、新たに鉄環を打ち、それを送っていただけなのではないかと、廣章は推理する。

「狂信的であればあるほど、中央には目くらましになるとあなた方は考えた。しかし実際にそうなってしまっては本末転倒。遠部・黒曜という役職を作ったところから、この村の祭は大きく様変わりしてしまったのでしょう」

　廣章の声が淡々と響く。

「通常、オンベとはこの諏訪では特別な意味を持ちます」

　御柱祭でも用いられている、小型の幣束《へいそく》をそう言うらしい。

「しかし広義でのオンベとは『大贄』を指す言葉でもあります。最初から贄としてささげられた役職でしょう。惟新公もご存じなかった役職。決してそのようなことはお望みではなかったはずとはこのことからも……」

「惟新公など知ったことか！　これは我らの祭だ！」

先ほどとは真逆の言葉を金賛は吐き捨てる。

廣章はにやりと笑った。

「嗚呼《ああ》、その言葉をお聞きしたかったのです。ならばこの地にもう踏鞴場などは不要でしょう」

廣章は集まった村の衆を見る。

「始まりがどうあれ、この祭はもちろん、この村の方々のもの。ここから先を作り変えていくこともまた、皆さんのご自由。既に、踏鞴場は衆目に晒《さら》されています。もう秘密にすることは不可能です」

何より見られてはいけないものは、神事ではなく、この洞内の踏鞴場だったのだ。十二年に一度、それを稼働させていること、御供米の行方――それらが明るみに出てしまったのだ。

金子を着服することも、踏鞴を継続することももう出来まい。

「事情を話せば、薩摩も手を引きましょう。臥龍洞は炉を潰《つぶ》し、二度と稼働させなければ済む。かつては村の盟友、大恩もあったかもしれない。けれどもはや今となっては亡霊の言。そんなものにどちらも囚《とら》われる必要はありますまい」

「――そんなことはない。祭は今のまま繫《つな》がなければなりません」

低い声がした。

「黒曜っ！」

結麻の悲鳴があがる。

黒曜の腹から、ゆっくりと光る刀が現れた。黒曜がその光を見、そのまま崩れ落ちる。

背後に立っていたのは、肩で息をしている伝主――宮沢真鶴だった。

※　※　※

いつ、壱位が刀を渡したのだろう。いつ、背後に移動していたのだろう。

金賛と廣章を注視していて、彼らの動きに気づけなかった。

真汐は慌《あわ》てて伝主を突き飛ばした。誰かが近づいて、落ちた刀を蹴《け》り飛ばす。

「黒曜、確《しっか》りしてください！」

結麻も駆け付けた。村の衆が縛《いまし》めを解いてくれたのだろう、口の端から血を流して倒れていた黒曜を真汐は抱き起こす。

「黒曜！　聞こえますか黒曜！」

誰かが祭壇から取ってきてくれた白絹で、黒曜の腹を押さえた。じわりとすぐにそれが赤く染まっていく。

「黒曜殿！」

村の人たちの助けを借りて、廣章と清月がやってくる。清月の顔は蒼白だ。

「兄ちゃ」

黒曜が声を出す。その瞬間、口内に血が溢れ、噎《む》せた。

「誰か、誰か手当てを！」

「……伝主殿、なぜこんなことを」

民江の声だ。伝主は彼女を振り払い、身体を起こしながら毅《き》然《ぜん》と言い放つ。

「儀式が変質したのでも、めくらましが逆転したのでもない。この祭は失《な》くしてはなりません——私たちの祭です」

さしもの廣章も絶句している。

「連綿と続けてきた細かい規則《しきたり》も、さらに厳しくしてきました。儀式を秘密裏に行い、権威を付帯させるとね、人は何も疑問に思わずに従ってくれるのですよ。それが厳しければ厳しいほど」

「人を殺《あや》めてまで守らねばならない規則などない！」

涙に濡《ぬ》れた清月の顔に、伝主が哄笑《こうしょう》を浴びせた。

「黒曜は元々殺される定め。しかし寸前まで、殺されるのはおまえだったのですよ清月。だってこの子は何度も何度も、閨《ねや》の中で俺が清月に成り代わると言いながら私に腰を振っていたのですから」

清月の顔から血の気の引く音が聞こえたようだった。

「何度も私に跨《また》がりながら、そう言ったのはほかならぬ黒曜。俺を生かしてくれるんだろうなって。莨《たばこ》を吸いながらね。ねえそうでしょう黒曜？ まだ聞こえているでしょう？ そうだと認めたらどうですか！」

伝主は金切り声で叫ぶ。蛇の君、と廣章の呟《つぶや》きが聞こえた気がした。

「やめて！」

結麻の悲鳴も、伝主には届かない。

「兄ちゃ」

黒曜の声がした。清月は慌てて顔を近づけた。

「ごめんね、俺ずっと謝りたかった」

何を謝ることがある、と清月は首を振る。

「お前は俺を身代わりにして良かったんだ、なぜそうしなかった」

「ずっと裏切られたと思ってたから。兄ちゃんは、最初から黒曜が死ぬことを知ってたって……でも知らなかったんだよね」

清月は頷く。

「知っていたらもっと手を打っていた……お前は何も悪くない。兄ちゃんが悪い。ごめんな、こんな……おまえだけは生きなくちゃ駄目なのに。母ちゃんに、お前を頼むって言われたのに」

夥《おびただ》しいほどの血を口に溜めて、それでも黒曜は清月を見返した。その手は結麻の手を握っている。真汐は血泡を絹に吸わせる。

黒曜は焦点の合わない目を泳がせて、囁《ささや》くように言う。

「結麻は生きて故郷に帰って。兄ちゃん、俺、兄ちゃんのことも結麻のことも好きだよ。好きなんだよ」

解《わか》っている、と清月の声がかすれている。

真汐、という声は消え入りそうに小さかった。

思わず顔を近づける。

黒曜は、涙を溜めた真汐に笑ったようだった。

「おまえがここに来てくれて良かった」

そういった後、彼の目にも涙が浮かんで、流れる。泣き顔が、子どものように崩れた。

「死に、たくない……俺、もっと」

白い唇が戦慄《わなな》いて、黒曜はそのまま息を引き取った。

「いや、いやあああ！」

結麻の悲痛な叫び声が反響した。

※ ※ ※

涙が止まらない。なぜ油断した。なぜ伝主の動きに気づけなかった。自分を責めても仕方がないと解っていながら、悔しくてたまらなかった。

——救うと、今度こそ救ってみせると誓ったのに。

死にたくないという、最期《さいご》の言葉が刺さったまま、己の力など所詮《しょせん》この程度だと、自分を抉《えぐ》る自分の声に苛《さいな》まれる。

まだ暖かい黒曜の身体を、名を呼びながら揺さぶる清月と結麻を前に、真汐は血まみれの手のひらで顔を覆《おお》った。

手の端から、涙が伝って落ちていく。

この騒動は、下層の男たちには聞こえていないのだろうか。風が通る轟音《ごうおん》、声が断続的に響いている。

「この場は神の場。神のご意志に因《よ》る儀式は、殺人ではない。まして黒曜殿は歴代殺される定め。それを守っただけのことでしょう」

声が降ってきた。真汐は顔を上げた。愕然《がくぜん》と伝主を見る。彼女は少しだけ惜しそうに、横たわる黒曜を見下ろしていた。

「大人しく私の言いなりになっておれば、殺されずに済んだものを」

カッとなる真汐に、伝主は微笑んだ。

「黒曜を貫いた、見事な刀を見ましたか。あれは神刀、鐸《さなぎ》と同じく、この窯《かま》で鍛えられた鉄から作られたものです。おまえのその鉄環もですよ、結麻」

伝主は自分の首を指さす。

「首を落として外し、黒曜と結麻の身体の骨を焚《く》べて作り直した鉄鐸と鉄環なのです」

一瞬にして腕が粟立《あわだ》った。

「人の、骨を……！」

「製鉄に石灰が必要だというのは聞いたことがありますが、人骨を使う必要などないはずです。それらは貝殻などで十分に代用できるはず」

一蹴した廣章に、伝統とはそんなものでは代用できないと伝主が喚《わめ》く。

「連綿と続く刀と化して、鉄環と化して、本来黒曜も結麻も永遠に生きながらえる。そういう伝統なのです。神に仕える儀式を軽んじるつもりか。お役方も何をしている、早く始末なさい。すべて臥龍洞の神が浄化してくださること」

さあ壱位殿！　と伝主が叫ぶ。振り返った真汐は、蹴り飛ばしたはずの刀を、いつのまにか回収し、構えている壱位を見た。

金賛！　と伝主は声を上げる。

「踏鞴場を見たものはすべて殺すというのが決まりだったはずですよ、金賛！」

伝主は後ずさりながら金切り声を上げる。

「『障《さわ》り風』の時の若者二人も、一刀のもとに殺したから、今があるのでしょう」

御頭《おんとう》！　と鋭い声に、彼らが一様に身を震わせた。

「ここにいる村人すべてを殺しなさい、猪首《ししく》御頭、なんのためのお役方か！　全員刀を取りなさい。清月を、結麻を、邪魔なオトナイサマもろとも、この場のすべての者を粛清するのです。新たな祭のためには、そうするほかありません」

怖気て腰を抜かしている参位、拘束されている弐位以外が立ち上がる。

真汐は杖《つえ》から刃を抜きかけたまま、壱位と対峙《たいじ》する。

現れた鋭利な光に、仕込み杖か、と壱位が呟いた。

「……お前たちは何者なのだ」

「ただのオトナイサマですよ」

背後では、伝主が廣章に問う声が聞こえてくる。

真汐は壱位を睨んだ後、再び鞘《さや》を元に戻して、構えた。

「何の真似《まね》だ」

「刀は使いません」

なんだと、と壱位が睨む。真汐は腰を落とす。

「あなたなぞ、これで十分です」

頭に血が上ったか、壱位が突っ込んでくるのを躱《かわ》し、真汐はその杖身《じょうしん》を思いきり鳩尾《みずおち》に衝《つ》きいれる。

柄まで鉄心の入った重い仕込み杖だ。くの字に曲がった瞬間にすかさず顎に拳《こぶし》をめり込ませた。

鮮やかな一瞬の出来事――壱位は気を失ってその場に倒れた。

「御頭方、お相手ならこの山内真汐がいたします」

真汐の声に、お役たちの手から、それぞれの武器が落ちる音が響いた。

5

「お役方は腰抜けばかりか！」

伝主の怒号が響き渡る。だがお役はもとより、誰一人、真汐に歯向かおうとするものはいない。

腕の立つ壱位が昏倒《こんとう》した今、数を恃《たの》んだところで同じ結果になることは目に見えている。

伝主は身を翻《ひるがえ》した。どこへ、と真汐たちが追いかけると、恐ろしいほどの速さで、彼女は下層への階段を駆け下りている。

視線を辿《たど》り、真汐は息を飲んだ。

踏鞴衆の数人が、こちらを見上げている。

思わず杖に力を込めた。

藤の墓所に埋められた――首をねじ切られた死体。彼らならば、素手でそれが可能だ。

踏鞴衆《かれら》が、もしも――人鬼であったなら。

かつて対峙した際、その力の凄《すさ》まじさは身をもって体験している。いずれも楽に勝てた相手ではない。

それが、見える範囲だけで十人を超えているのだ。

伝主にはもう追いつけない。彼女は見る間に下層へと到達した。

助力を仰ぐは必定、そうなった時に、自分一人で敵《かな》うとは到底思えない。

今の内に、逃げるよう声を掛けた方がいいか――振り向こうとしたその時だった。

踏鞴衆に話を付けに行っただろう伝主が、下から小さな悲鳴を上げた。

男の一人が進み出て、伝主の首を摑《つか》んで吊《つ》り上げたのだ。

「なにを……！」

男は伝主を吊り上げたまま微動だにしない。もがいていた伝主は、ほどなく両腕と両足を弛緩《しかん》させた。

吊り上げていた男はこちらを見、次の瞬間、勢いをつけて、下層から伝主を投擲《とうてき》してきた。少なくとも二丈《六メートル》の高さをものともせず、伝主を上層まで投げ上げたのだ。

その膂力《りょりょく》の凄まじさに、言葉を失う。

鈍い音を立てて、伝主の身体が注連を越えてその場に落ちた。あまりのことに、誰もが動けないでいる。

「で、伝主……」

恐る恐る近づいた民江が、こらえきれずに顔を背けたようだった。

「なんと愚かしいことを……」

伝主が降ってきた衝撃でさすがに腰が抜けたらしい、金賛のかすれた声が聞こえる。

「下層は女人禁制、女が一歩でも階段を下りては穢《けが》れとなり製鉄に障る。忘れていたわけではなかっただろうに」

伝主は、援軍を連れてくるつもりだったのだろう。

「踏鞴衆《あやつら》に話は通じん。粛々と鉄を作るだけ、邪魔をするものはすべて排除するように言われている者たちだ。……だから御供米《ごくめー》もすべて男衆が運び入れる仕儀であっただろうが」

馬鹿め、と吐き捨てるように金贄は言い捨てた。

「南辺田殿、山内殿」

上手《うま》く動かせない足を引きずって、廣章の前へとやってきたのは清月だ。涙を拭《ぬぐ》い、その場に正座し、手をついて頭を下げた。

「祭主として、また村を代表して、此度のご尽力に感謝を申し上げます」

平蔵も近づき、清月の隣に座る。

「伝主は死に、金贄も腕をもがれたも同然。お二人がいなければ、この幕引きはなかった。どれほど感謝してもし足りん」

同じく頭を下げた平蔵に倣《なら》うかのように、次々と村の衆がその後ろに集まり、平伏した。

「しかし黒曜殿を、お助けすることができず」

黒曜の骸を抱いたままの結麻を痛ましげに見て、廣章は眉《まゆ》を下げている。

末席に座った民江が皆と同じように頭を下げたまま、涙をこぼしたのを真汐は見た。

「それでも、オトナイサマがいらしたからこそ、新しい風が吹いたのです」

清月は顔をあげ、気丈に涙を堪《こら》えている。

「しかしこれより先は村の責。概《おおむ》ねすべてを拭っていただいた身で申し上げるは不遜《ふそん》なれど、これ以上の介入はご遠慮いただきたく存じます」

　平蔵が言う。

「今年の祭はすぐさま中止せよ。踏鞴場のこの後の始末のこともあろうゆえ、これにて、おひきとりを……」

「何を言う！　祭事はまだ終わっていないぞ！」

　金賛の言葉が、平蔵の語尾を蹴散らした。

「まだ結麻がおる！」

　金賛は喚いた。

「黒曜は規則《しきたり》どおり死んだ。だがまだ結麻の鉄環が残っておる！　結麻の嵌《は》めている鉄環を鉄《ずく》として鋳溶《いと》かし、新しき鉄環を打ち直すのが決まり——ただ、その鉄環を取ることが叶《かな》わぬから、歴代結麻の首を落とし、骨を焚べ入れてきたのだ！」

　踏鞴の炎が吹き上がる音が聞こえた。

「此度の祭が終わるまでは、金賛は私だ！　どんな事態が出来《しゅったい》しようと、すべてが終わるまでは私の祭だ！　結麻の首を渡せ」

「そんなことはさせません。結麻殿はこのまま連れ帰ります」

「何を言う！　薩摩は鉄環を受け取りにわざわざお前たちを遣わしてきたのだろう？」

「なぜそれを……」

真汐は驚く。金賛はにやりと笑う。

「やはりそうか……お前たちは薩摩のことを知り過ぎておる。それに鉄環を届けさせる手配をしておるのは私だ。推察くらいできるというもの」

カマを掛けたのだろう。金賛は勝ち誇ったように笑う。

「主らが勝手に薩摩との絆《きずな》を断ち切ってよいものでもなかろう！　事と次第ではお上に申し出、諸共に処罰の対象となり果てようぞ！」

真汐は黙る。廣章を見れば、主もまた渋面だった。金賛からは村が誅伐《ちゅうばつ》されるくらいなら、薩摩も道連れにするという覚悟が見えた。薩摩のみならず関わった南辺田家もただでは済むまい。

「鉄環の遣いどもは役立たずかえ？」

耳を貸さなくていいです、と廣章が囁く。

金賛は金切り声を止めない。

「それともお前が結麻から鉄環を外してみせるか？　そうすればすべての祭事が滞りなく終わったと認めて、私も引退してやろうよ。すべてを途中で止めて幕引きなど許さん。最後まで祭を全うせねば引くにひけん。それが金賛の責任である」

ほら、踏鞴衆も待っておるわ、と金賛は煽るが、その顔に余裕はない。もしかしたら、と真汐は踏鞴衆の方を見る。

鋳溶かす何かを渡さない限り、彼らは――。

「どうするのだ腰抜けども！」

真汐、と廣章が心配そうに声を掛ける。真汐は結麻に近づいた。黒曜を抱いた彼女は、涙の跡がついた顔で真汐を見あげる。

「結麻さん、あなたはどうしたいですか」

結麻は首元に手を遣る。黒く光るそれは、隙間なく首に食い込んでいる。

「どうって」

「その鉄環を、どうしますか」

『結麻、首の環、痛い？』

結麻から聞いた、幼い黒曜の声が甦《よみがえ》る。

『いつか、僕が大人になったら、たくさん勉強して、結麻の首から、環を外してあげるね』

結麻も思い出したのだろうか、涙を拭った。

「真汐さん……できますか」

ほう、と金賛は面白そうな声をだした。

「首を落とす以外でそれができるというならやってみるがいい」

「鉄環を切ってでも構わないのですね」

「構わぬ。鋳溶かすからな。切れるものならやってみるがいい。結麻の首にぴたりと巻き付いておるし、なまじな鋏《はさみ》でも切り落とすことは不可能な鋼鉄ぞ」

真汐は息を吐く。

結麻に頷いて、廣章を見上げる。

「廣章さま」

主は察したようだった。

「刃を使いなさい、山内」

廣章は明朗に言い放つ。

「あなたが決めたことを存分に。責任は私がとります」

真汐は再度頷いて、結麻に向かう。

結麻はもう立ち上がっていた。

清月は再び一礼する。

「どうか結麻を頼みます」

その瞬間、手が震えた。頷きながら強く固く、己の手を握りしめる。

「山内殿……どうか、気負わずに」

彼女は座し、束ねていた髪を解《ほど》くと、左右に割って、その白い項《うなじ》を露《あら》わにした。

「失敗しても構いません。黒曜のところに行くだけですから」

真汐は答えることができない。震えが強くなる。

——清月から、この人まで奪うわけにはいかない。

白く細い首。嵌まっている鉄環の厚みは拇指《おやゆび》程度。難しくないはずがない。

「お手並み拝見といこうじゃないか！」

金賛はかぶり付きでそれを見ている。

期せずしてその場の全員の衆目を集め、真汐はちらりと主に目を遣る。

主は目をそらさずに、頷いていた。

深く息を吸う。震えはまだ止まらない。

その時、真汐、と誰かが呼ばわった。

「俺はお前を信じているぞ！」

真汐は——仕込み刃を、大きく振りかぶる。

終章

明け方たどり着いた上社で藤森に出迎えられた。御柱祭《おんばしらさい》も昨日無事に終わったらしく、ほっとした表情をしていた。ここはまだ祭の中の華やかな興奮冷めやらぬ様子である。

「おはようございます、真汐《ましお》さん。今お持ちしますね」

供されたお茶に手を付けることもなく、真汐は瞼《まぶた》を閉じる。山の清涼な空気に包まれているような気がした。キチキチと鳴く、鳥の声がにぎやかだった。

「お待たせしました」

目を開ける。藤の花の織り込まれた白い正絹《しょうけん》の美しい袋だった。手に持った瞬間、その硬い感触に胸が詰まった。

「ど、どうしたんですか、真汐さん？」

おろおろとした声が聞こえる。

あふれ出る涙を止めることが出来なかった。

——救うことが出来なかった人たちが重なる。

静かに泣く真汐の背を、藤森が優しく撫《な》でてくれたが、思い出に打ちのめされるばかりだった。

※　※　※

泣きはらした目で宿に戻った。

お疲れさまでした、と廣章《こうしょう》が迎え出てくれる。

「どうしたんです、真汐。またそんなに泣いて」

「……わかりますか」

わかりますよ、と廣章は苦笑する。鏡を見ていらっしゃいと言われて、備え付けの三面鏡を覗《のぞ》き込んだ。瞼が赤く腫《は》れている。

「思ったより泣き虫なんですね、真汐さん」

不意にそこに顔が増えた。

「びっくりさせないでください――結麻さん」

結麻はおかしそうに笑った。まだ首に痛々しい痕《あと》こそ残ってはいるが、そこにはもう鉄環《かなわ》はない。

※　※　※

「黒曜さんを……思い出してしまって」

『お前がここに来てくれて良かった』

あの涙まじりの声が忘れられない。

「いい子だったんです、本当に」

結麻もまた涙ぐむ。

「やんちゃで、奔放で、我《わ》が儘《まま》で、でもとてもやさしい子だったんです黒曜……いえ、実《みのる》は」

泣きはらしたはずの涙が止まらない。

清月《きよつき》こと滝野正《たきのただし》、黒曜こと滝野実。お役を解かれて、二人はその名前に戻ったという。黒曜であった実の遺体は生家に戻されることなく、清月と結麻、民江の手で村の墓所に埋葬された。生家はむしろそれを喜んだという。

清月こと滝野正もまた、生家には戻らなかった。というより、結麻と民江が話し合って、オトナイ殿でしばらく暮らしていくことになったそうだ。

体はやはりまだ虚弱で、一人で暮らすことは無理だと判断したためだ。

新たに金賛《かなさな》の職に就いたのは平蔵である。村の衆からの推薦と一族からの後押しがあったらしい。だが高齢でもあり、次の祭まで生きているかはわからない。だからお役も祭主も、祭そのものを今の内に一新するのだそうだ。

伝主もまた村の墓所に弔われたが、彼女についての死因はあくまでも事故とされた。上層階から、下層階に落ちたことになっている。

民江は伝主の姪《めい》だったそうだ。強い叔母には逆らえず、我が子同然に世話をしてきた黒曜らの運命を受け入れるしかない苦しみもあったらしい。次期伝主に推薦を受けたそうだが、これを固辞したという。オトナイ殿で正の面倒を見つつ、あくまでも賄《まかな》い方《かた》として生きるそうだ。

当然ながら金賛、その家族、及びお役方は任を解かれた。神事はもとより、薩摩からの金子を着服していた罪は公式に裁かれることこそないが、村八分のまま暮らしていかねばならないだろう。ある意味、それは強烈な罰だと言えるのかもしれない。

新しい風が吹いている。きっとみんな深呼吸できるようになるだろう。

真汐は自分の手を見つめた。——あの時、直前まで小さく震えていた掌《て》。

『俺はお前を信じているぞ！』

その声で、ぴたりと震えが収まった。だが、廣章や民江はその声を聞いてはいないという。

真汐には、黒曜の声に聞こえた。力を貸してくれたのだろうか。

一刀のもとに結麻の鉄環は外れた。皮一枚すら切ることもなく――。

袋から取り出す。鋳造されて渡されるはずの鉄環は、しかし、真汐が切り落としたままの歪《ゆが》んだ形で転がり出てきた。

鉄環はあの後、踏鞴衆《たたらしゅう》の許《もと》で鋳造され、長く村に伝わるという鋳型《いがた》で同じ鉄環として生まれ変わるはずだった。

だが、伝主による下層踏鞴場の穢《けが》れを、彼らは重く受け止めたのだろう。鉄環を落とした頃と前後するように、不意に火が落ちた。金賛は伝主が亡《な》くなった時よりも血の気が引いた顔をした。

押し止《とど》める村の衆を振り切ると、伝主と同じように階段を下りて踏鞴衆に縋《すが》ったが、彼らは金賛を一顧だにせず、律儀《りちぎ》に岩を閉めていずこともなく消え去っていった。

鋳溶《いと》かされることのない、黒ずんだままの鉄鐸《さなぎ》と、切れた鉄環を残して――。

※　※　※

「鉄環が遅れるのは鉄を冷ます時間がかかるから、でしたか」

廣章もまた、真汐の手の中の、切れた鉄環を見ている。

祭の後、すぐに鉄環が届けられないのは、打ち直した後、一昼夜置いて鉄を冷ます時間が必要だったからだ。

　今回に限ってはその必要がなかったが、最後に祭の規則《しきたり》に固執する金賛が抵抗したのか、届けられる日時は例年と同じだった。藤森は微塵《みじん》も疑うことなく、当然ながら中を改めることもなく、そのまま渡してくれた。

『鉄環のお役はこれをもって最後になります』

　断言した真汐の言葉には驚いたようだったが、お疲れさまでした、とだけ答えてくれた。

※　※　※

「南辺田《みなべだ》さま……いえ、廣章さまも真汐さんも、約束を守ってくださいましたものね」

結麻は急にそう言った。

「なんの約束でしたか」

廣章は帽子を被《かぶ》りながら訊《たず》ねる。

「『私たちは鉄環だけを持ち帰るようなことは決してしません』と何度も言ってくださいました。黒曜の命は救えなかったけど、彼の心は救えたと思っています」

結麻は鉄環と共に、薩摩に向かう。

清月は涙を見せず、気丈に結麻と別れた。村の建て直しには、彼の知識が必要だ。あの村で、オトナイ殿で、彼は結麻が戻るのを待つという。

「どのみち、黒曜……いえ、実のお墓参りもありますから、必ず帰ってきます」

結麻はたくさんの村の人たちに見送られ、山を下りた。

亭主がひょっこり部屋に顔を覗《のぞ》かせた。

「結麻さんて方に手紙が来てますけど」

まあ、と結麻は驚いて、差出人を見る。凛《りん》として美しい筆文字で、滝野正の名がそこにはあった。

「隣の部屋で、ゆっくり読んできてはいかがですか。まだ出ませんから」

廣章に言われて、結麻は一礼して戸を閉めた。

「さて真汐。何か聞きたいことがあるのではないですか？」

しばらくして廣章が訊《き》いてくる。

「……いいえ」

「そんな仏頂面《ぶっちょうづら》して」

廣章の含み笑いの声に、目を逸《そ》らしたまま訊いた。

「――薩摩ってなんなんですか」

藤の墓所の骸《むくろ》は、見張りをすり抜けて臥龍洞《がりょうどう》に侵入した者が、踏鞴衆に見つかって殺されたのではないかという推測に至った。

巨岩を動かし、首をねじ切り、人ひとりを片腕で投げ飛ばせる膂力《りょりょく》。

もはや疑いようもなかった。

『おそらく、お二人の御推察の通りかと』

結麻もきっぱりとそう言っていた。

『薩摩の同類です。私と違って、出来損ないじゃない方の』、と。

「結麻さんも、人鬼――奇鬼だったんですか」

人鬼は、それが男に限り、人間の女との間に子を生《な》すことができるという。生まれた子は大半が普通の人間、ただしわずかな確率で一代限りの人鬼を生み出すことがある。

それを奇鬼というらしい。

「薩摩では奇鬼という言葉は使わないそうです。結麻さんは俑《よう》という選別をされたそうですが」

「俑？」

「意味は、ただの人間として生まれた者、だそうです」

廣章は黙って窓から諏訪湖を眺めている。

「廣章さまはご存じだったんですか」

「真汐には整理して話すつもりでした。今回このようなことになるとは思っていませんでしたが」

人鬼の研究機関であった『禽獣《きんじゅう》操練所』は、先んじて人鬼を研究していたどこかを真《ま》似《ね》て作られた機関だという。

だがそのどこかの後塵《こうじん》を拝す屈辱に耐え、それを追い抜くべく、苛烈《かれつ》な実験を繰り返していたそうだ。

真汐の義父の『山内剣武道場』は、その禽獣操練所の始末班としての裏稼業《うらかぎょう》があった。

だがそれも、操練所の解体に伴って、有名無実となっていた――はずだった。

「薩摩が、操練所の敵、だったのですね」

思えば沖縄に行く時の命令も、薩摩からだった。薩摩は人鬼が絵空事《えそらごと》でないことを知り得る唯一《ゆいいつ》の藩だったと、その時に聞いてたはずなのに。

「羈束所《きそくしょ》、というところだそうです」

結麻はそこで生まれたらしい。

「このことは、學昭《がくしょう》様はご存じなんですか」

「鉄環に羈束所が絡《から》んでいたことは知らなかったはずです。今回こうなって初めて私も知ったのです。學昭兄様は、明さんほどでないにしろ、かなりの現実主義者です。このような件だとわかっていれば、きっと自分の代でお役を切り捨てたはず」

確かにあの南辺田家が家ぐるみでこのようなことを許容していたとは思えない。

加えて結麻に聞いたところによると、藤の墓所の骸には足に三つの黒子《ほくろ》があったというが、滝野正――清月の母にも内踝《うちくるぶし》に三角形の黒子があったそうだ。それは伯父にもあると聞いていたという。

黒子だけでは信憑性《しんぴょうせい》に乏しいが、臥龍洞に入ろうとした侵入者は、果たして本物の彼らの伯父だったのだろうか。

それとも――金賛らが警戒していたという、洞の内部を探りにきた侵入者だったのか。

「わからないことならば調べましょう。手を尽くしましょう。これから新しく変わってゆくあの村に、これ以上の奇禍が及ばぬように」

三次枝村には、ほどなく新しい結麻が来るはずだ。男女の別は解《わか》らないが、その結麻には、新しいお役目で幸せに暮らし、寿命を全うしてもらいたいというのが、平蔵や廣章に共通した願いだった。

結麻ほどに成長すれば難しい鉄環外しも、まだ幼い子であれば首回りにも余裕があるだろう。村で切り外すことも可能かもしれない。

彼らで難しければ、もちろん真汐はいつでも赴くつもりでいるが。

「そのために、まずは結麻さんを連れて、薩摩に乗り込みますよ」

久しぶりに己の血が滾《たぎ》るのを感じた。

廣章は微笑《ほほえ》んだままだ。

おそらく――本気で怒っている。

「お待たせしてすみません」

上気した顔で、結麻が戻ってきた。場が一気に華やぐ気がする。

「そろそろ電車の時間です、廣章さま」

廣章が杖《つえ》を取り上げた。

「では、行きましょうか」

清涼な風が、開け放した窓から吹き抜けてゆく。

※　※　※

後に、謎《なぞ》の落雷で臥龍洞は崩壊したと聞いた。それが人為的な爆発によるものか、本当に落雷によるものなのか、それとも地震による地盤の崩落なのかは定かではない。

三次枝村という村も、時代の大波にのまれ、今や影も形もない。

ただ藤の墓所だけは、手入れをするものもいない今も、美しい景観のまま彼の地に存在すると伝わっている。

綴《つづ》られた奇譚《きたん》の中でも『鉄環《かなわ》奇譚』は少々異質である。ここを起点に、枝分かれする奇譚が幕を開けていく。始まりの物語だと訳知り顔に語る者もいる。

彼女を連れて、二人が再び薩摩の地に上陸するのは、このすぐ後の譚《はなし》である。

了

《参考文献》

『諏訪学』山本ひろ子編　国書刊行会 2018
『諏訪の神さまが気になるの　古文書でひもとく諏訪信仰のはるかな旅』
　北沢房子　信濃毎日新聞社 2020
『日本原初考　古諏訪の祭祀と氏族』古部族研究会編　人間社文庫 2017
『日本の民俗宗教』宮家準　講談社学術文庫 1994
『災厄と信仰』大島建彦　三弥井書店 2016
『〈狂い〉と信仰　狂わなければ救われない』町田宗鳳　ＰＨＰ新書 1999
『精霊の王』中沢新一　講談社学術文庫 2018
『御柱祭　火と鉄と神と　縄文時代を科学する』百瀬高子　彩流社 2006
『鉄から読む日本の歴史』窪田蔵郎　講談社学術文庫 2018
『古代の鉄と神々』真弓常忠　ちくま学芸文庫 2021
『民俗学が読み解く葬儀と墓の変化』関沢まゆみ編　朝倉書店 2017
『日本昔話事典』弘文堂 1994
『信州観光パノラマ絵図』信濃毎日新聞社出版部編　今尾恵介監修
　信濃毎日新聞社 2013
『そば学 sobalogy――食品科学から民俗学まで』
　井上直人　柴田書店 2019
『長野県方言辞典〔特別版〕』信濃毎日新聞社 2013

本書は新潮文庫のために書き下ろされた。

清水朔著

奇譚蒐集録
—弔い少女の鎮魂歌—

死者の四肢の骨を抜く奇怪な葬送儀礼。少女たちに現れる呪いの痣《あざ》の正体とは。沖縄の離島に秘められた謎を読み解く民俗学ミステリ。

清水朔著

奇譚蒐集録
—北の大地のイコンヌプ—

流れ歩く村《ヤイケシテコタン》に伝わる鬼の婚礼、変身婚《ヤイカラ・ウコレ》とは——。帝大講師・南辺田《みなべだ》廣章《こうしょう》が大正の北海道で滅亡した村の謎を解く、民俗学ミステリ。

神永学著

タイム・ラッシュ
—天命探偵　真田省吾—

真田省吾、22歳。職業、探偵。予知夢を見る少女から依頼を受け、巨大組織の犯罪へと迫っていく——人気絶頂クライムミステリー！

神永学著

クロノス
—天命探偵 Next Gear—

毒舌イケメンの天才すぎる作戦家・黒野武人登場。死の予知夢を解析する〈クロノスシステム〉で、運命を変えることができるのか。

神永学著

革命のリベリオン
—第Ｉ部　いつわりの世界—

人生も未来も生まれつき定められた〝ＤＮＡ格差社会〟。生きる世界の欺瞞に気付いた時、少年は叛逆者《リベリオン》となる——壮大な物語、開幕！

恩田陸・芦沢央・海猫沢めろん・織守きょうや・さやか・小林泰三・澤村伊智・前川知大・北村薫著

だから見るなといったのに
—九つの奇妙な物語—

背筋も凍る怪談から、不思議と魅惑に満ちた奇譚まで。恩田陸、北村薫ら実力派作家九人が競作する、恐怖と戦慄のアンソロジー。

恩田　陸著

六番目の小夜子

ツムラサヨコ。奇妙なゲームが受け継がれる高校に、謎めいた生徒が転校してきた。青春のきらめきを放つ、伝説のモダン・ホラー。

恩田　陸著

歩道橋シネマ

その場所に行けば、大事な記憶に出会えると——。不思議と郷愁に彩られた表題作他、著者の作品世界を隅々まで味わえる全18話。

京極夏彦著

ヒトでなし

—金剛界の章—

仏も神も人間ではない。ヒトでなしこそが悩める衆生を救う？　罪、欲望、執着、救済の螺旋を描く、超・宗教エンタテインメント！

京極夏彦著

今昔百鬼拾遺　天狗

天狗攫いか——巡る因果か。高尾山中に端を発する、女性たちの失踪と死の連鎖。『稀譚月報』記者・中禅寺敦子らがミステリに挑む。

上橋菜穂子著

精霊の守り人

野間児童文芸新人賞受賞
産経児童出版文化賞受賞

精霊に卵を産み付けられた皇子チャグム。女用心棒バルサは、体を張って皇子を守る。数多くの受賞歴を誇る、痛快で新しい冒険物語。

小野不由美著

屍　鬼

（一～五）

「村は死によって包囲されている」。一人、また一人、相次ぐ葬送。殺人か、疫病か、それとも……。超弩級の恐怖が音もなく忍び寄る。

小野不由美著

魔性の子
―十二国記―

孤立する少年の周りで相次ぐ事故は、何かの前ぶれなのか。更なる惨劇の果てに明かされるものとは――「十二国記」への戦慄の序章。

町田そのこ著

夜空に泳ぐチョコレートグラミー
R-18文学賞大賞受賞

大胆な仕掛けに満ちた「カメルーンの青い魚」他、どんな場所でも生きると決めた人々の強さをしなやかに描く五編の連作短編集。

町田そのこ著

ぎょらん

人が死ぬ瞬間に生み出す赤い珠「ぎょらん」。噛み潰せば死者の最期の想いがわかるというが。傷ついた魂の再生を描く7つの連作集。

宮部みゆき著

荒神

時は元禄、東北の小藩の山村が一夜にして壊滅した。二藩の思惑が交錯する地で起きた〝厄災〟とは。宮部みゆき時代小説の到達点。

宮部みゆき著

悲嘆の門
（上・中・下）

サイバー・パトロール会社「クマー」で働く三島孝太郎は、切断魔による猟奇殺人の調査を始めるが……。物語の根源を問う傑作長編。

宮部みゆき著

この世の春
（上・中・下）

藩主の強制隠居。彼は名君か。あるいは、殺人鬼か。北関東の小藩で起きた政変の奥底にある「闇」とは……。作家生活30周年記念作。

浅原ナオト著

今夜、もし僕が死ななければ

「死」が見える力を持った青年には、大切な誰かに訪れる未来も見えてしまう——。愛する人への想いに涙が止まらない、運命《いのち》の物語。

伊与原 新著

青ノ果テ

—花巻農芸高校地学部の夏—

僕たちは本当のことなんて1ミリも知らなかった——。東京から来た謎の転校生との自転車旅。東北の風景に青春を描くロードノベル。

乾 くるみ著

物件探偵

格安、駅近など好条件でも実は危険が。事故物件のチェックでは見抜けない「謎」を不動産のプロが解明する物件ミステリー6話収録。

榎田ユウリ著

ここで死神から残念なお知らせです。

「あなた、もう死んでるんですけど」——自分の死に気づかない人間を、問答無用にあの世へと送る、前代未聞、死神お仕事小説！

王城夕紀著

青の数学

雪の日に出会った少女は、数学オリンピックを制した天才だった。数学に高校生活を賭す少年少女たちを描く、熱く切ない青春長編。

梶尾真治著

おもいでマシン

—1話3分の超短編集—

クスッと笑える。思わずゾッとする。しみじみ泣ける——。3分で読める短いお話に喜怒哀楽が詰まった、玉手箱のような物語集。

河端ジュン一著

六畳間ミステリーアパート

そのアパートで暮らせばどんなお悩みも解決する!?　奇妙な住人たちが繰り広げる、不思議でハートウォーミングな新感覚ミステリー。

片岡　翔著

ひとでちゃんに殺される

怪死事件の相次ぐ呪われた教室に謎の転校生「縦島ひとで」がやって来た。悪魔のように美しい彼女の正体は!?　学園サスペンスホラー。

加藤千恵著

マッチング！

30歳の彼氏ナシOL、琴実。妹にすすめられアプリをはじめてみたけれど――。あるあるが満載！　共感必至のマッチングアプリ小説。

賀十つばさ著

雑草姫のレストラン

タンポポのピッツァ、山ウドの天ぷら、よもぎのアイス……八ヶ岳の麓に暮らす姉妹の草花ごはんを召し上がれ。癒しのグルメ小説。

越谷オサム著

次の電車が来るまえに

故郷へ向かう新幹線。乗り合わせた人々から想起される父の記憶――。鉄道を背景にして心のつながりを描く人生のスケッチ、全5話。

河野　裕著

いなくなれ、群青

11月19日午前6時42分、僕は彼女に再会した。あるはずのない出会いが平坦な高校生活を一変させる。心を穿つ新時代の青春ミステリ。

河野 裕著

さよならの言い方なんて知らない。

あなたは架見崎の住民になる権利を得ました。一通の奇妙な手紙から始まる、死と隣り合わせの青春劇。「架見崎」シリーズ、開幕。

紺野天龍著

幽世《かくりよ》の薬剤師

薬剤師・空洞《うろ》淵霧瑚《ぶちきりこ》はある日、「幽世」に迷いこむ。そこでは謎の病が蔓延しており……。現役薬剤師が描く異世界×医療ミステリー！

五条紀夫著

クローズドサスペンスヘブン

俺は、殺された──なのに、ここはどこだ？天国屋敷に辿りついた6人の殺人被害者たち。「全員もう死んでる」特殊設定ミステリ爆誕。

西條奈加著

金春屋ゴメス

日本ファンタジーノベル大賞受賞

近未来の日本に「江戸国」が出現。入国した辰次郎は「金春屋ゴメス」こと長崎奉行馬込播磨守に命じられて、謎の流行病の正体に迫る。

彩藤アザミ著

エナメル

―その謎は彼女の暇つぶし―

美少女で高飛車で天才探偵で寝たきりのメルとその助手兼彼氏のエナ。気まぐれで謎を解く二人の青春全否定・暗黒恋愛ミステリ。

佐野徹夜著

さよなら世界の終わり

僕は死にかけると未来を見ることができる。生きづらさを抱えるすべての人へ。『君は月夜に光り輝く』著者による燦めく青春の物語。

三田 誠 著

魔女推理
—嘘つき魔女が6度死ぬ—

記憶を失った少女。川で溺れた子ども。教会で起きた不審死。三つの死、それは「魔法」か「殺人」か。真実を知るのは「魔女」のみ。

千早茜・遠藤彩見・田中兆子・神田茜・深沢潮・柚木麻子・町田そのこ 著

あなたとなら食べてもいい
—食のある7つの風景—

秘密を抱えた二人の食卓。孤独な者同士が集う居酒屋。駄菓子が教える初恋の味。7人の作家達の競作に舌鼓を打つ絶品アンソロジー。

白河三兎 著

冬の朝、そっと担任を突き落とす

校舎の窓から飛び降り自殺した担任教師。追い詰めたのは、このクラスの誰？ 痛みを乗り越え成長する高校生たちの罪と贖罪の物語。

椎名寅生 著

夏の約束、水の聲《こえ》

十五の夏、少女は〝怪異〟と出遭い、死の呪いを受ける。彼女の命を救えるのか。ひと夏の恋と冒険を描いた青春「離島」サスペンス。

杉井 光 著

この恋が壊れるまで夏が終わらない

初恋の純香先輩を守るため、僕は終わらない夏休みの最終日を何度も何度も繰り返す。甘く切ない、タイムリープ青春ストーリー。

杉井 光 著

世界でいちばん透きとおった物語

大御所ミステリ作家の宮内彰吾が死去した。『世界でいちばん透きとおった物語』という彼の遺稿に込められた衝撃の真実とは——。

デザイン　川谷康久（川谷デザイン）

奇《き》譚《たん》蒐《しゅう》集《しゅう》録《ろく》
鉄環《かなわ》の娘と来訪神《オトナイサマ》

新潮文庫　し－85－3

令和五年十二月一日発行

著者　清《し》水《みず》朔《はじめ》

発行者　佐藤隆信

発行所　株式会社新潮社

郵便番号　一六二―八七一一
東京都新宿区矢来町七一
電話　編集部（〇三）三二六六―五四四〇
　　　読者係（〇三）三二六六―五一一一
https://www.shinchosha.co.jp

価格はカバーに表示してあります。

乱丁・落丁本は、ご面倒ですが小社読者係宛ご送付ください。送料小社負担にてお取替えいたします。

印刷・錦明印刷株式会社　製本・錦明印刷株式会社

ISBN978-4-10-180275-6 C0193